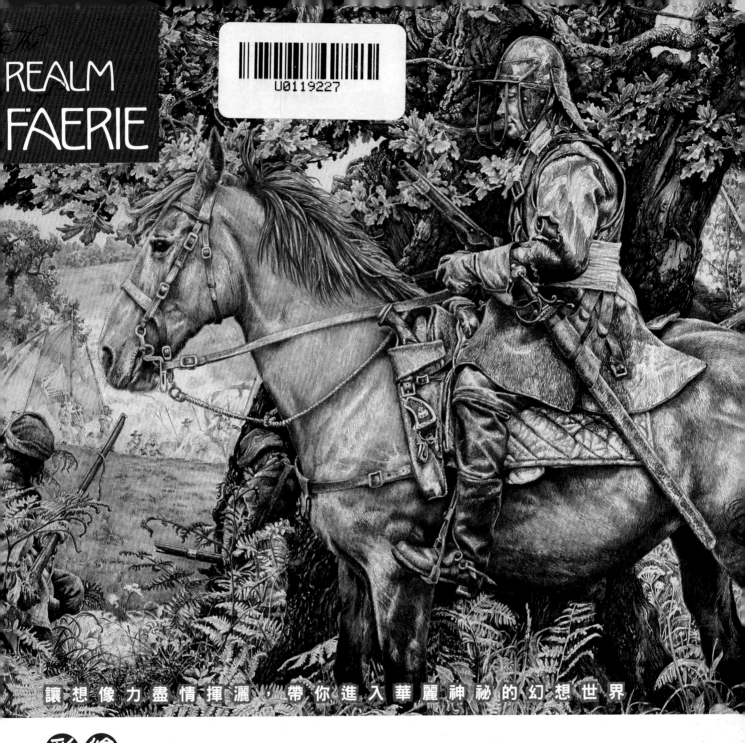

The

REALM
FAERIE

讓想像力盡情揮灑，帶你進入華麗神祕的幻想世界

彩繪
精靈仙境 與
奇幻世界

精靈（第2頁）

「是誰飄浮在寧靜的夜晚裡？
一名臉孔白皙的婉約女子；
她灑出一片微微發亮的薄紗
照亮了樹叢林間。」
（佚名）

仲夏夜之夢

「聲音來回穿梭於樹林間，
填滿了整個夜晚，
早晨，串起了她的星星，
追著我們轉啊轉。」
（法蘭西斯・萊德威奇
Francis Ledwidge 1887-1917）

DRAW AND PAINT THE REALM OF FAERIE

Copyright © Ed Org, David & Charles, 2009

Complex Chinese translation rights arranged with David & Charles Ltd

© 2011 by MAPLE HOUSE CULTURAL PUBLISHING

through LEE's Literary Agency, Taipei

國家圖書館出版品預行編目資料

彩繪精靈仙境與奇幻世界 / ED ORG 作；楊
郁菁 翻譯. -- 初版. -- 新北市：楓書坊文化,
2011.06 128面；25.7公分

譯自：Draw & paint : the realm of faerie

ISBN 978-986-6173-59-2(平裝)

1. 鉛筆畫 2. 水彩畫 3. 鋼筆畫 4. 繪畫技法

948.2   100008814

出　　　　版／楓書坊文化出版社
地　　　　址／新北市板橋區信義路163巷3號10樓
郵 政 劃 撥／19907596　楓書坊文化出版社
網　　　　址／www.maplebook.com.tw
製 作 發 行／楓樹林出版事業有限公司
電　　　　話／(02)2957-6096
傳　　　　真／(02)2957-6435
作　　　　者／ED ORG
翻　　　　譯／楊郁菁
總 經　　銷／貿騰發賣股份有限公司
地　　　　址／新北市中和區中正路880號14樓
網　　　　址／www.namode.com
電　　　　話／(02)8227-5988
傳　　　　真／(02)8227-5989
港 澳 經 銷／泛華發行代理有限公司
定　　　　價／320元
初 版 日 期／2011年6月

Contents

簡介

長久以來，精靈與超自然的神秘世界一直都是藝術家的創作靈感泉源，他們的作品刻畫著夢幻國度以及棲息在內的生物。在古老且無邊際的精靈仙境裡只有想像力是有限的，所以任何心中想召喚的夢幻美麗生物皆居住於此。一旦踏進這片仙境的深處，讀者將會發現這地球上每處珍貴且自然的地方傳說、民間故事、童話故事與神話皆蘊育其中。

艾德歐格－作者

我出生於1955年英格蘭什羅浦郡外的一個小村落，由於孩童時期常在鄉野中探險，所以放眼望去四處盡是斑駁樹林、破舊穀倉、謎樣的水塘和廢棄的鐵軌道。對於美感有悟性且懂得細心欣賞美景的人來說，這是個神秘又美麗的景象。

我在1960年代間閱讀過一本教育週刊《Look and Learn》，裡面內容涵蓋各項科目－歷史、自然、科學、藝術，甚至是科幻小說；然而最吸引我的是刊物內的插圖，因為週刊會聘請當代最頂尖的英國插畫家，諸多好手中包括了理查胡克、恩布爾頓兄弟及安格斯麥布萊德。在讀書時期，我認識了其他藝術家的作品，例如法蘭克佛列茲塔的劍與魔法，還有羅傑迪恩的超現實畫作。1970年代的唱片封面也映證了當時豐富多元的視覺圖像，而羅傑迪恩為搖滾樂團Yes所繪製的唱片封面作品即是一個例子。

1973年，我開始上藝術基礎課程，第一年由於完全不知道自己要走的方向，因而感到不知所措，所幸之後上的兩門主修課程讓情況有所好轉。我在修課期間閱讀了亞瑟拉克漢的讀物插畫作品集，以及托爾金的《魔戒》，受到他們的影響，我終於知道自己要走的方向。五年後，我的大學畢業作品展即以《魔戒》為雛形而完成，而自此之後我便一直著迷於神話故事的題材。

所有藝術家往往會因過去的成長環境或經驗而受到影響與啟發。我喜歡任何美的事物，而影響我最深遠的畫家是維多利亞時期的藝術家愛德華·伯納－瓊斯。也許是因為看過他的作品被複製成美柔汀與雕凹版畫，所以我決定用簡單的素描鉛筆作為畫畫的工具。幾年之後，我也開始崇拜那些出現在插畫黃金時期的作品，當時的藝術家有亞瑟拉克漢、威利波加尼、查爾斯羅賓森、艾琳諾·福特斯庫－布里克岱以及埃德蒙·杜拉克。就我自己的例子來看，我只能說如果真的需要有人幫你介紹精靈仙境，先瞧瞧環繞身邊的那些自然世界魔力吧！

彩繪精靈仙境與奇幻世界

這本書是用來頌揚精靈題材的無限想像空間。我在裡面所提供的工具，可以幫讀者創造出屬於自己的精靈世界，而豐富的圖像能啟發且引導大家完成作品。如同我之前所說，我大量使用簡單的鉛筆作畫，因為它能完美描繪出精靈人物的細緻之處，所以書裡的指導重點大多以鉛筆作品為主。不過我也有繪製彩色作品，所以書裡也會提供這方面的指導。希望讀者也可以跟我一樣，能夠一邊享受，一邊充分地創造出精靈仙境的各種圖像。

天使

這幅畫一開始用鋼筆描繪出模糊極小的草圖，然後漸漸組織發展成一幅完整的作品。整幅鋼筆畫以暖色調為主的水彩刷過，企圖營造出華麗迷人的意境。

鉛筆作品

我的招牌工具是素描鉛筆，而熱愛它的原因，也許是因為我相信黑白兩色的圖像張力比彩色的更強烈，讀者只要去比較一下黑白與彩色照片，就曉得我的意思是什麼了。我也認為在用鉛筆作畫時，我的謬斯女神似乎變得更神秘。此外鉛筆具有憂鬱、灰白，且引人興趣的特質，能夠完美地打造出精靈仙境。在這一節裡，我將介紹自己用來創造精靈藝術的基本鉛筆用具，另外我也會展示作畫所需的技巧，幫助大家創作出自己的作品。

埋伏

一群輕步兵埋伏等待著敵兵的到來。這幅畫是觀看完Sealed Knot歷史重演協會演出後所得到的靈感。圖畫裡每棵樹木的細節與環繞四周的歐洲蕨，讓畫面籠罩著一股腥風血雨前的肅靜氣氛。

工具材料

素描鉛筆的優點是作畫期間內所需的工具相對來的較少。我將在這裡介紹一些可以創造精靈藝術的基本素描鉛筆，另外也建議了一些畫紙與其他繪畫用具。

素描鉛筆

素描鉛筆是用來打造精緻仙境世界的不可或缺元素。我選擇德爾文素描（Derwent Graphic）系列的鉛筆，因為這品牌的筆芯堅硬、不易斷裂且完全無雜質。我從沒用過自動鉛筆，因為它的筆芯容易鬆滑。以前我大量用6B鉛筆畫出陰暗昏晦的作品，但現在會用各種型號的鉛筆作畫。不同鉛筆型號的使用方式如下圖所示：

2B 或 **4B**－用於草圖
5H－用於細小線條部份或者線影畫法／用交叉線影法畫出皮膚
5H、**2H**和**HB**－用於精微細節的區域
6B和**9B**－用於顏色較深且飽和的區域
赭紅色鉛筆－一種橙色／赤陶色蠟筆，適用於單人的頭像畫上

刀片與削筆器

削鉛筆機可以快速簡易處理兩種不同尺寸的鉛筆，不過跟削鉛筆機相比，美工刀跟筆刀更可以用來隨心所欲地削出較長的筆尖。翻閱至第14頁，裡頭有圖文解釋如何使用刀片來一步步削出完美的筆尖。

石墨鉛筆－軟

石墨鉛筆－硬

畫紙

　　我用過淺色調或有紋理的各式畫紙，而不同畫紙可以讓畫作產生不一樣的效果。我通常用百分之百含棉且無酸性的山度士（Saunders Waterford）熱壓hot-pressed（Hp）水彩紙，另外阿奇士（Aquarelle　Arches）也是一個不錯的純棉畫紙。越厚重的畫紙越好，因此理想的畫紙磅數範圍可從300g/m2（140磅）到638g/m2（300磅）。

　　我本身不太喜歡用純亮白的畫紙，因為我覺得用乳白色的畫紙反而比較能畫出精靈這個主題。此外我也使用一系列的粉彩紙（pastel　papers）作畫，例如安格爾（Ingres）的畫紙，以及魯斯康比米爾（Ruscombe　Mill）的手工畫紙。用太薄或非天然的畫紙作畫，其呈現出來的作品在結構上會比較鬆散。

熱壓水彩紙

印度橡皮

軟橡皮

橡皮擦筆

橡皮擦

　　我偶爾會用橡皮擦在圖畫上做出打亮效果，或者用來修改錯誤。印度橡皮前後兩端質地不同，軟的那端用來擦拭鉛筆和色鉛筆，而硬的那端則可以擦掉墨水。不過最好的橡皮擦應該是可塑式軟橡皮，因為這款橡皮擦質地柔軟可以隨意捏出各種形狀，而且擦拭效果也很出色。不過如果想在一幅完美精密的畫作上準確地擦拭掉一些痕跡，那橡皮擦筆會是一個理想選擇。

其他工具

　　棉花棒和擦筆（為paper　stump的正確名稱）可以在畫作上做出打亮、陰影、漸層和柔化色調的效果。這些用具在B系列鉛筆作品上所呈現的修飾效果特別好，此外它們還可以移除6B鉛筆在畫作上所產生的「光澤」，而避免作品反光。

擦筆

作畫技巧

　　有些書籍裡頭全部都在講解鉛筆作畫技巧，但本書此節的內容重點不是要概括所有作畫技巧，而是要提供一些讓我精靈作品變得與眾不同的特殊繪畫技巧。

　　在接下來兩頁，我挑選了一些在不同畫紙上所完成的作品，而每幅作品因運用的繪畫技巧有所不同，所以產生的效果也不一樣。圖畫旁邊的註解將會說明這些成品是如何繪製出來的。

　　這一章的後面幾頁將會探討幾個可以達成這些繪畫效果的基本鉛筆應用技巧。希望讀者在看完這章之後，會覺得自己具備足夠的技法能開始著手畫作品。

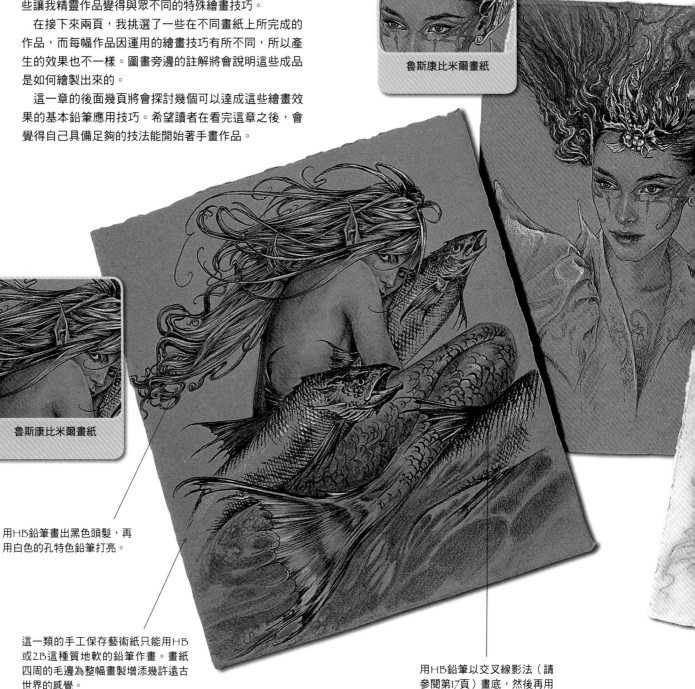

魯斯康比米爾畫紙

魯斯康比米爾畫紙

用HB鉛筆畫出黑色頭髮，再用白色的孔特色鉛筆打亮。

這一類的手工保存藝術紙只能用HB或2B這種質地軟的鉛筆作畫。畫紙四周的毛邊為整幅畫製增添幾許遠古世界的感覺。

用HB鉛筆以交叉線影法（請參閱第17頁）畫底，然後再用白色的孔特色鉛筆小心地刻畫出魚鱗片。

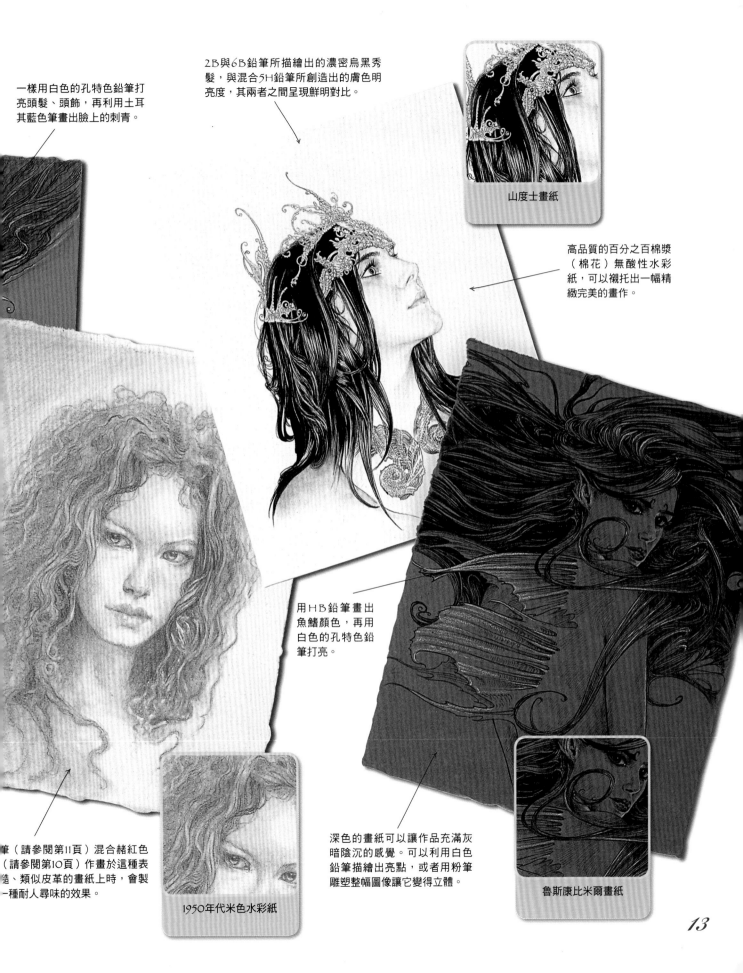

一樣用白色的孔特色鉛筆打亮頭髮、頭飾,再利用土耳其藍色筆畫出臉上的刺青。

2B與6B鉛筆所描繪出的濃密烏黑秀髮,與混合5H鉛筆所創造出的膚色明亮度,其兩者之間呈現鮮明對比。

山度士畫紙

高品質的百分之百棉漿(棉花)無酸性水彩紙,可以襯托出一幅精緻完美的畫作。

用HB鉛筆畫出魚鱗顏色,再用白色的孔特色鉛筆打亮。

筆(請參閱第11頁)混合赭紅色(請參閱第10頁)作畫於這種表造、類似皮革的畫紙上時,會製一種耐人尋味的效果。

1950年代米色水彩紙

深色的畫紙可以讓作品充滿灰暗陰沉的感覺。可以利用白色鉛筆描繪出亮點,或者用粉筆雕塑整幅圖像讓它變得立體。

魯斯康比米爾畫紙

13

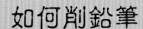

基本符號

接下來幾頁，大家將會認識我在作品裡所使用的各種鉛筆應用技巧，因此我會利用幾張簡單的精靈臉部素描圖來解說，並清楚呈現不同的繪畫技巧。記得一定要多亂畫一些圖來練習這些技巧，並且多嘗試各種作畫的可能性，這樣一來同時也能讓自己增添一點信心。當你在實驗作畫時，別忘了利用那些在第10頁所提及的各種鉛筆，然後挖掘更多鉛筆可以製造出來的效果。現在我們先來認識一些繪畫的基本原則。

削鉛筆

不論是要用5H或者9B鉛筆作畫，其鉛筆筆尖一定要夠尖銳。本頁右半邊有一系列詳細的削鉛筆步驟，裡面我有推薦一些利用美工刀來削鉛筆的方法。比起買來的削鉛筆機，自己用手削出來的鉛筆會更適合用來畫畫（更令人滿意），不過在使用小刀時千萬要記得謹慎小心一點。

握筆姿勢

我沒有特別的握筆姿勢，而我認為在畫畫時，應該用一個自己覺得最舒服的握筆方式作畫。有些藝術家發現寫字時所用的握筆方式適合畫畫，不過也有其他藝術家喜歡握在筆軸的尾端、中間或者是接近筆尖的位置。此外還可以用不同的角度來握筆，比如想畫出線條或者圓點時，就用垂直的角度拿筆，而如果想畫出陰影時，就要用水平一點的角度握筆。總之應該多嘗試多畫，然後找出最能達到心中理想效果的握筆姿勢。

如何削鉛筆

1. 先從有顏色包覆的筆身開始邊轉筆邊削，然後一直削到木頭表面有出現足夠的長度為止。

2. 繼續順著木頭表面從頭削到底。

3. 在削到接近筆芯位置時，要慢慢放輕力道且小心地下刀。

4. 當削出一段筆芯之後，繼續一邊轉筆一邊削筆芯，在削到筆尖部份時力道要再更輕一點。

5. 就快完成了！繼續用刀片修飾筆尖，而且下刀的力道要像羽毛一樣輕巧。

6. 經過這段細心溫和的削筆過程，鉛筆筆尖已經變得尖細，且可以用上更長一段時間。

線條

線條是最基本的鉛筆運用技巧,而線條也常用來架構圖畫中所有不同元素的位置。畫草圖時,線條可以隨意多變化,而在處理精細的圖畫時,可以用較精準嚴謹的線條描繪出形狀和輪廓。

強而有力的輪廓線條可以快速自然地記錄下物體的形狀和韻律。而柔和線條可以描繪出作品裡細膩的變化,甚至連碳筆或石墨也可以畫出這個效果。此外也可以透過線條的強弱變化,讓作品變得栩栩如生。試著在紙上畫出一條線,一開始先用力將筆尖壓在紙上畫出線條的一端,接著一邊將線條畫過紙張,一邊慢慢地放輕運筆的力道,等線條完成之後,就會發現單單一支鉛筆所能做出的筆痕變化含有非常多的可能性。左邊插圖是一張簡單的線條素描作品,裡面運用了不同的線條形狀和線條輕重,讀者應該在研究完這張圖之後也試著模仿畫一次。

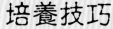

頭髮部份先大略畫出主要的頭髮髮流和形狀,之後再描繪其他細節的地方。

嘴巴線條的基本元素,就是利用輕重不同的粗線條來鬆散地畫出。

培養技巧

簡單的線條作品可以很有效地記錄下物體的形狀、圖像的韻律感與物體的輪廓。利用仙境的號角(請參閱第110頁全圖)作品來多多練習線條的運用。

1. 混合2H和HB鉛筆勾勒出植物的主要形狀。

2. 接著先加強線條和圖案花樣部份。

3. 最後可以利用雕刻、平滑及塗抹的筆法來描繪細節,直到作品達到想要的效果為止。

線影法

線影法的技巧就是利用許多鄰近相間的線條（通常以平行線條居多），排列營造出明暗效果或者肌理質感。線條間的距離以及線條粗細，可依照作品效果所需而有所變化。使用線影法時可以畫出各種線條形狀，例如直線、曲線或者曲折線。此外在繪畫線條時，可用自由發揮的方式來呈現，又或者也可以用較精準嚴謹的畫法來完成作品。線條的數量、間隔及粗細程度會影響圖像的明暗度，因此如果想畫出色調較深的區塊，就將線條的數量增加、縮小線條間隔及加寬線條。

將兩組由相反方向線條所形成的區塊放在一起，就會產生出對比的效果。這頁圖片裡所呈現的臉是以線影法的線條構成。先利用2H和5H鉛筆描繪出五官，然後再運用擦筆（請參閱第11頁）來完成臉部的樣貌。

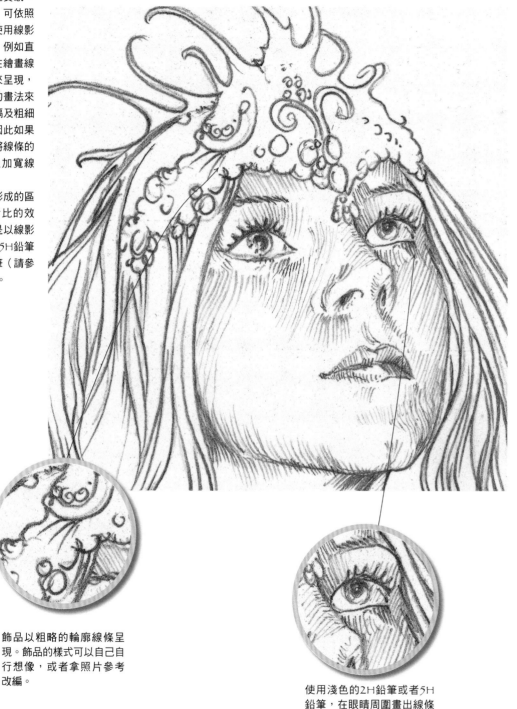

飾品以粗略的輪廓線條呈現。飾品的樣式可以自己自行想像，或者拿照片參考改編。

使用淺色的2H鉛筆或者5H鉛筆，在眼睛周圍畫出線條修飾眼睛的形狀與輪廓。

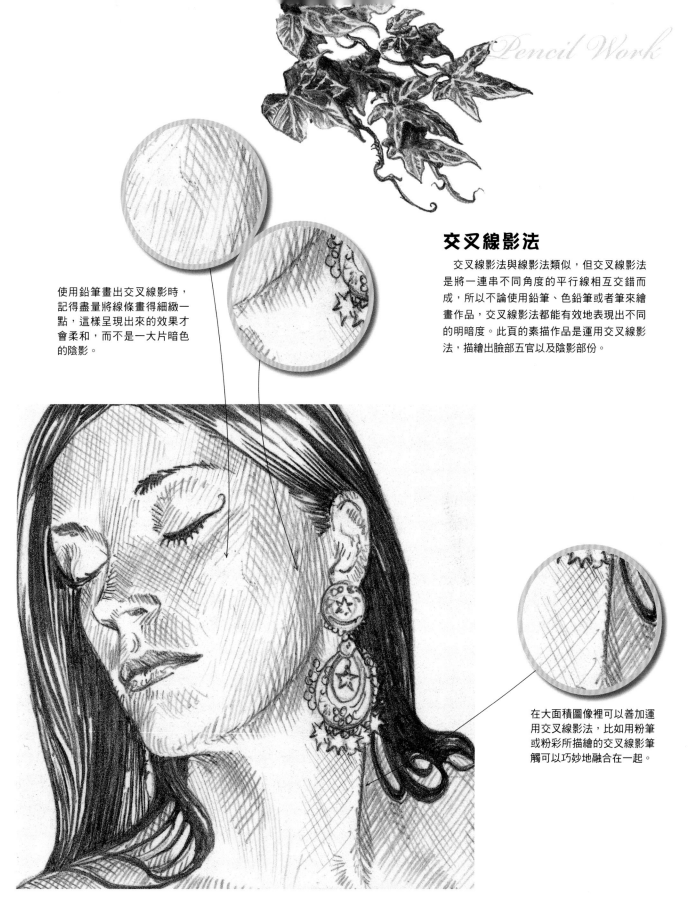

交叉線影法

　　交叉線影法與線影法類似，但交叉線影法是將一連串不同角度的平行線相互交錯而成，所以不論使用鉛筆、色鉛筆或者筆來繪畫作品，交叉線影法都能有效地表現出不同的明暗度。此頁的素描作品是運用交叉線影法，描繪出臉部五官以及陰影部份。

使用鉛筆畫出交叉線影時，記得盡量將線條畫得細緻一點，這樣呈現出來的效果才會柔和，而不是一大片暗色的陰影。

在大面積圖像裡可以善加運用交叉線影法，比如用粉筆或粉彩所描繪的交叉線影筆觸可以巧妙地融合在一起。

漩渦

　　運用漩渦以及圓形圖案，可以在畫中打造出寫實的肌理質感，尤其是肌膚以及布料這方面的題材處理。先畫出極小的漩渦以及圓形圖案，然後將它們堆疊糾纏在一起創造出色調（tone）。雖然這種畫法較費時，但作品完成之後會發現一切辛苦都是值得的。我常常用一連串的漩渦圖案來表現素材的花樣與摺痕，還有陰影處的明亮度，而我特別喜歡將漩渦圖案用在絲絨這種材質上。這種畫法需要搭配HB、2B、6B以及9B鉛筆一起使用，此外運筆時的輕重不同也會讓作品發展出無限的形狀與形式。

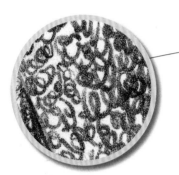

利用漩渦描繪出形狀以及質感，這種畫法尤其可以有效地表現出織布類的素材。

漩渦花樣的疏密度能表現出明暗度。

小點

　　利用一群小點來組成一幅畫的技法，通常被稱為點畫（stippling）或者點描畫派（pointillism）。這種畫法會讓人產生錯覺，而誤以為白紙上的那些純黑色圓點是灰色的顏色。可以改變小點的密度以及分布範圍，然後調整出色調濃淡以及肌理質感的粗糙度。

運用大量的精細小圓點，調整出畫像裡的亮點與陰影處。

點描畫派可以創造出許多有趣的形狀，比如這幅畫在臉上所呈現的華麗刺青。

彩色作品

雖然我大部份都是以鉛筆作品為主，但我發現如果在作品裡加入顏色，可以讓創作融入更多的元素，讀者可以跟我一樣固定用一種模式來詳細構圖。我的彩色作品大多是用水彩、鋼筆以及彩色鉛筆來完成。在這一章節我將分享我用來描繪水彩畫的工具，以及作畫過程中需要精通的基本技法。

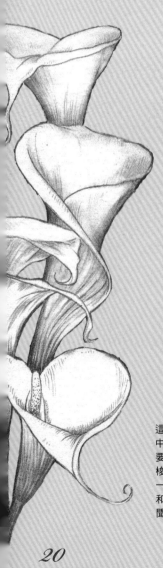

暮光

這幅圖像以水彩與鋼筆來創作。作品中並沒有特定要敘述一個故事，而是要呈現出一種氛圍。一名森林精靈穿梭於月光灑落的樹林裡，她手裡拿著一盞暮燈，讓夜晚的大地變得烏黑柔和，營造出奇幻時刻或者是蘇格蘭所聞名的「薄暮」期間。

工具材料

在這一小節裡，我們將會一起探索一些我用來創作圖像的基本水彩繪畫方法以及工具。在這兩頁將會先概述一些我所使用的工具材料，然後再呈現基本的繪畫應用技巧。

水彩

水彩顏料可以分成塊狀水彩（小的固體塊狀）以及條狀水彩（柔軟可擠壓的水彩被裝在小的金屬管裡）。這兩種種類的水彩顏料相同，不同的只是它們的合成物質，因此選擇哪一種類的水彩顏料完全是看個人的喜好而定，讀者可以多嘗試這兩種不同的水彩顏料，然後看自己偏好哪一種。我兩種水彩顏料都會使用，而且大多都是選擇牛頓的水彩系列。選擇藝術家級的顏料會比較好，因為那些改良過的顏料上色起來較順手而且顏色也較鮮豔飽和。

水彩鉛筆

水彩鉛筆的筆芯是利用蠟把顏料封住，不同品牌的筆芯柔軟度會有稍許的差異，而蠟的成份越多筆芯就會變得越硬。一組水彩鉛筆可以多達120枝，但大概30枝左右的顏色組合就夠了。我個人偏好使用德爾文的水彩鉛筆，因為這一款的水彩色度高，顏色塗起來也很平滑柔順。這種水彩鉛筆的耐光性高不易褪色，而且在繪畫羽毛的顏色與肌理時，可以創造出令人滿意的效果。

鋼筆

我的鋼筆作品材料是一組自己收藏的沾水筆，以及一些新的鋼筆筆尖與筆桿。鋼筆的筆桿可以搭配各種適合用來畫畫的筆尖，而筆尖的金屬材質多樣化，其形狀可分成圓滑、精細、尖銳、方正或者有角度的。墨水部分我使用牛頓的黑色墨水或者朗尼的焦茶色壓克力顏料墨水，由於這兩種墨水具防水性，所以可以再塗一層顏料在上面，此外這些墨水也可以稀釋使用或者直接畫出原色的濃度。我也會使用其他廠牌的墨水，其中一些墨水並不防水，可以在已用顏料薄塗完成的畫紙上描繪出精細的細節。

畫紙

　　畫水彩時我使用二河的300g/m²（140磅）熱壓以及冷壓水彩紙。這兩種水彩紙有許多淡色的顏色選擇，會給人一種古世紀、仿皮革的觸覺。雖然這種水彩紙很難用來描繪精密細膩的作品，但我愛用鋼筆在上面作畫。由於這種畫紙夠厚，讀者可以多嘗試，甚至可以用力一點的在上面作畫。我還有華特曼的米色水彩紙，那些紙是我1973年在藝術基礎課程裡拿到的，雖然畫紙的年代遠至1950，但品質依舊很好。我常常把華特曼的水彩紙從抽屜裡拿起來看一看，然後又把它原封不動的放回去，我想這是唯一一個可以表達尊敬的方式了。

水彩用筆

　　沒有任何一種水彩畫筆可以媲美貂毛筆的品質，而我自己會用品質好的貂毛筆來描繪所有的水彩作品，雖然我發現畫筆消耗的速度非常快（當我用水彩畫筆嘗試畫出各種不同的繪畫效果時，我不太會去維護那些畫筆，因此我的畫筆通常不會維持很久）。如果有保養畫筆的話，在描繪精細複雜的地方時，畫筆的筆刷仍然可以保持原來的形狀。我使用尺寸000號的畫筆到大尺寸的豬毛筆來大面積塗刷。

自然的圓筆

小的平筆

尖頭貂毛筆

平筆

合成纖維毛的圓筆

橢圓筆

調色盤

　　我使用的陶製調色盤可以在藝術專賣店買到，讀者也可以用舊的瓷磚以及瓷盤來代替。我不用水彩盒是因為裝顏料的格子太淺或面積不夠大。如果在混合顏料時，發現其他不想要的顏色滲進來真的會很令人沮喪。

水彩顏料的顏色

　　不同顏色可以創造出不同的氛圍與情境，而處理方式可以簡單或選擇複雜一點。理想上，應該依你個人的繪畫風格與經驗來選擇調色盤上的顏料顏色，不過我有補充建議一些基本的顏料顏色讓大家作參考。顏色的選擇範圍可以套用在色鉛筆以及墨水顏色上，在這裡我也會解釋如何將水彩顏料混合好用來作畫。

基本的調色顏料

　　雖然市面上有非常多不同顏色的水彩顏料，但我經常使用16種顏色左右的水彩來描繪精靈仙境的作品。基本的調色顏料如下圖所示：

錳藍（Manganese blue）	酞菁藍（Phthalo blue）
土黃（Yellow ochre）	鎘橙（Cijmium orange）
鈷藍（Cobalt blue）	青綠（Viridian）
淡紅（Light red）	橙色（Winsor orange）
法國群青（French ultramarine）	深茶（Raw umber）
暗紅（Alizarin crimson）	檸檬鎘黃（Cijmium lemon）
普魯士藍（Prussian blue）	焦赭（Burnt sienna）
玫瑰紅（Rose mijder）	那不勒斯黃（Naples yellow）

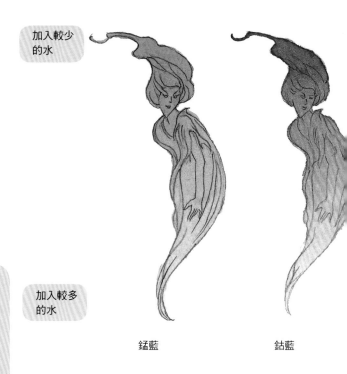

加入較少的水

加入較多的水

錳藍　　　　鈷藍

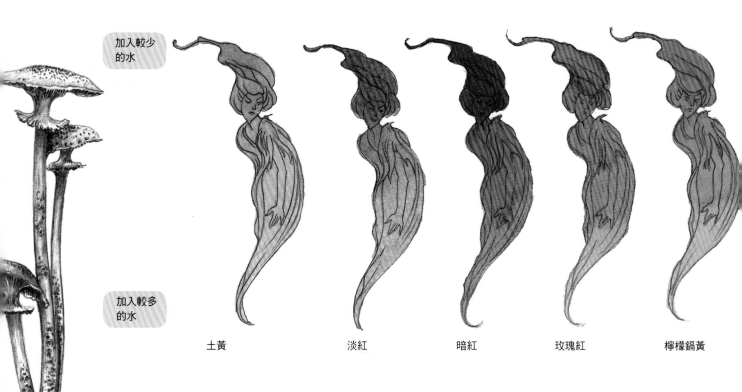

加入較少的水

加入較多的水

土黃　　　淡紅　　　暗紅　　　玫瑰紅　　　檸檬鎘黃

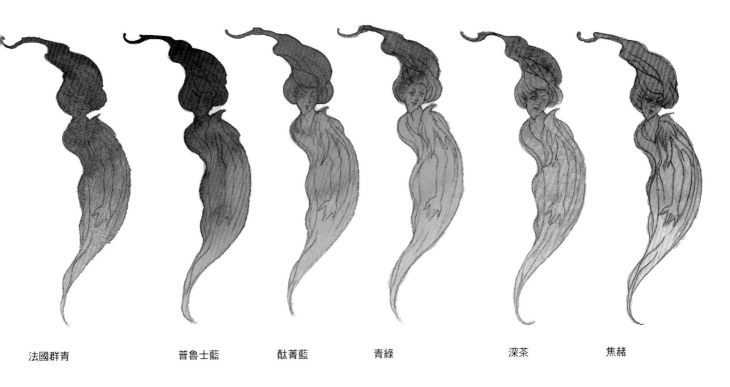

法國群青　　　　普魯士藍　　　　酞菁藍　　　　青綠　　　　深茶　　　　焦赭

簡單的顏色混合

　　想畫出這兩頁所呈現的眾多色調，可以在陶製調色盤上用乾淨的水稀釋這些顏色，便可以產生各種濃度不一的效果。如果想再延伸出更多不同的顏色，可以再將顏料混合一起。

　　混合顏料時，先用水稀釋兩種顏色較淡的顏色，然後再慢慢地加入顏色較深的顏料，接著混合直到想要的顏色出現為止。了解自己所使用的顏料特性，可以幫助預測顏色混合之後的結果，所以多多練習不同顏色的混合，並盡量控制顏色的混合數量於兩種就好。

特殊的混合

　　肌膚色調很難處理，我通常將土黃和暗紅這兩色混合之後來畫，而鈷藍或青綠可以用來描繪臉部的陰影部份。我會加入一點點的檸檬鎘黃來打亮臉部，或者用水稀釋一些區域來達成效果。

　　亞瑟‧拉克漢風格的圖畫作品，其裡面混合的顏色會散發一種老照片的懷舊感。深褐色效果可以先刷一層生赭的顏色在畫紙上，然後薄塗一層鈷色和青綠色畫出冷色調，而細節的暖色調部份可以運用檸檬鎘黃來處理。

　　綠色這種顏色很微妙，因為幾乎沒有純的綠色顏料存在，所以需要混合其他顏色才能調出適合的綠色，而且這顏色不是在市面上可以買得到的。調出綠色的大原則是先利用黃色的顏料當底，加入少量的綠色或藍色，然後再混合其他顏色。如果反其道而行，先用深色的顏料當底，那就必需要混合很多黃色顏料才能調出不同的綠色顏色。

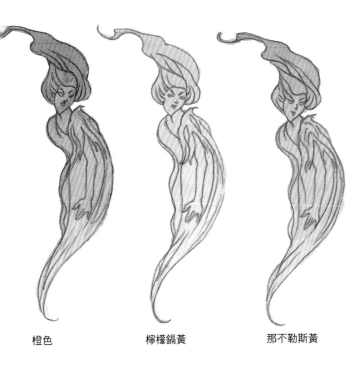

橙色　　　　檸檬鎘黃　　　　那不勒斯黃

水彩畫技巧

水彩是一種傳統的繪畫媒材，帶有透明的特質。水彩顏料光滑細緻，畫出來時會呈現一層薄薄的透明層，所以畫水彩就像在堆疊一片片的玻璃一樣。水彩可以營造出精靈藝術所需的精緻仙界般特質，因此彩色作品我選擇水彩來創作。

水彩畫的構成要素為顏料薄塗－即在畫紙上刷出一長條顏色。水彩畫會因顏料的透明效果、畫紙及亮度的不同而影響作品的結果。水彩畫的潛在缺點就是水彩乾掉後的顏料會變得比較亮，所以完成作品的顏色強度會不夠。如果發生這種現象，就在畫紙上塗刷多一點的顏色，還有塗刷多層的顏料便可以解決這個問題。通常在上第二層顏料前，必須先等第一層的顏料乾掉之後再上，而塗刷顏料的這些過程可以幫助你慢慢地描繪出色調、顏色、肌理及細節部份。

這裡有兩種基本的薄塗畫法類型：一種為乾上濕畫法－將顏料塗在乾的畫紙上；另一種為溼中溼畫法－將顏料塗在溼的畫紙上。下面我將會解釋這兩種水彩技法，以及其他幾種實用的應用技巧。

乾上濕畫法

最基本的水彩畫法，就是將水與顏料混合，然後塗刷在乾的畫紙上。水彩在乾的畫紙上比較好控制，因此可以決定畫紙哪裡要留白，或者決定已上色的哪些區域不用再塗刷其它顏料上去。乾上濕畫法的薄塗顏料過程，即是將混合的顏料在畫紙上連續地一道接著一道畫出。

波浪畫法

如右頁圖片所示，波浪畫法可以完美地創造出精靈的頭髮形狀。畫法是先把筆刷沾滿顏料，然後上下移動地畫在紙上，藉由這個動作可以讓筆刷描繪出波浪狀的彎曲線條。

溼中溼畫法

一開始先將大量的顏料與水混合，接著拿乾淨的水將畫紙用溼，然後再把顏料混合畫上去。運用溼中溼畫法可以呈現出柔和效果，以及顏色的漸層暈染變化。

點畫法

點畫法很適合用來描繪色調及裝飾品。畫法是把筆刷垂直拿住，然後慢慢地將約沾滿一半顏料的筆刷點畫在畫紙上。隨著筆壓的力道變化會畫出大小不同的點。

靈感來自於…

約廉羅塞爾佛林特的水彩畫，尤其是《亞瑟王之死》的插畫作品非常值得仔細琢磨一番。另外阿爾馮斯慕夏的裝飾藝術品與其它新藝術派的藝術家都可以參考一下。

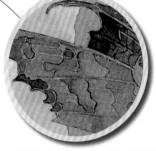

將翅膀上色後，再把顏色吸掉讓底色以及畫紙部份顯現出來。

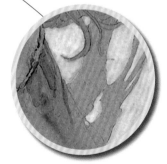

用白色的不透明水粉顏料描繪出月亮。

藍色仙姬

這幅新藝術風格的圖畫是設計成賀卡的樣子，其作品是運用鉛筆以及水彩在安格爾畫紙上創作。我利用簡單的調色顏料－冷色系藍色以及綠色調，還有運用多重的顏料塗刷來打造出顏色。

將藍色顏料多次疊畫在鉛筆素描上面，藉以描繪出形狀。

色鉛筆技巧

色鉛筆是一種多用途且好上手的繪畫媒材,所以幾經練習之後便可以利用色鉛筆讓作品產生許多不同的效果以及肌理。色鉛筆可以單獨拿來完成作品,也可以在水彩作品裡用來勾勒細節部份,如果是使用水溶性的色鉛筆作畫,則可以創造出水彩般的效果。各家製造商所生產的色鉛筆顏色多異,所以基本的混色動作是必要的,而大多數的色鉛筆的顏色都很好疊色、合併及混合在一起。

我都使用華特曼的水彩紙來完成彩色鉛筆作品,而作畫前我會先將畫紙泡溼然後再鋪開來,這樣一來畫紙會變得稍微粗糙一點,可以產生一些粒子狀的凹凸肌理。針對照片寫實主義這一類的作品,如果是用色鉛筆來畫,其完成之後所產生的光澤感我並不是很喜歡,所以我偏向用色鉛筆當作主要的草圖素描媒材。此外我也不會在任何一件作品上使用固定劑,因為我覺得不需要而且我也相信固定劑終究還是會讓作品受到損害。

至於色鉛筆的應用技巧,是運用之前以普通的石墨鉛筆當繪畫媒材所討論過的線影法、交叉線影法、漩渦以及小點的技法(請參閱第16至19頁)。使用尖銳的筆尖畫出線條形狀,同時配合擦筆(請參閱第11頁)來調整色調。肌膚部份我會疊上各種顏色來呈現,比如粉紅色氧化物、碳粉紅色,以及橙色氧化物這三種顏色。打亮部份我用白色,而陰影部份我紫色氧化物以及紅色氧化物來處理。

肌膚色調是利用藍色鉛筆,運用直線條的線影法來創造而成。

頭髮的形狀與光澤是混合赤陶色與橙色鉛筆來描繪完成。

羽毛是利用藍色鉛筆慢慢地一根根畫出。

北歐女神:華爾奇麗亞

這幅作品只運用普魯士藍、鎘橙,以及赤陶等三種色鉛筆來圖繪完成。作品裡面的顏色結合效果是以單純的線條與線影法來表現。作品的靈感是來自於手工藝品市集上的一位女士,她的寵物鸚鵡羽毛顏色就跟這幅畫的顏色一模一樣!

鋼筆技巧

　　我有一些水彩作品是運用鋼筆以及水彩薄塗完成而來的。水精靈（Undine）（此頁的作品）與美人魚（Mermaid）（請參閱第61頁）是姊妹作，這兩幅畫都是用鋼筆在熱壓水彩紙上素描，因為熱壓紙的表面較柔順光滑。

　　一開始先HB以及2H鉛筆大略地勾勒出粗略草圖（相當隨性的素描），然後運用不同的鋼筆描繪細節部分。鋼筆筆尖的角度與筆觸力道的改變，可以創造出流暢的線條以及周圍的茂盛花草。鋼筆的筆痕會刮紙，所以我會盡量避免出現墨水漬的狀況。在圖像裡的許多區域畫上深茶色，或者利用焦赭色為作品增添一些溫暖的感覺，而作品也都塗上顏色來製造出仿古羊皮紙的舊貌感，主色則是利用鮮豔醒目的顏料塗刷在細節的地方。

先用鉛筆完成圖像之後，再用鋼筆描繪一次，然後等墨水乾掉之後，鉛筆筆跡就會不見了。

用鋼筆畫出寶石以及盒子之後，薄塗一層水彩顏料上去，然後再加上一些寶石原有的自然色。

水精靈

在北歐民間傳說裡，水精靈是水中的女神或者美人魚，她們居住在淡水河域裡，如河川、小溪及泉水等地方。許多泉水中的水精靈可以讓喝取泉水的人獲得靈感，不過住在河川和水池裡的水精靈會擁有美貌與叛逆的特質。有許多諸如此類的童話故事以及神話，訴說著人間與水間的宿命關係。

汲取靈感

我自己作品的靈感來源非常多且差異很大（由我過去幾年所收集的大量參考資料可以說明這一切），不過有一些題材如神話、傳說及民間故事倒是會重複出現，它們對我的創作一直佔有舉足輕重的影響力，所以精靈、美人魚以及天使等神秘生物也就成為我作品中的主要角色。我許多作品的靈感來源也來自於詩及散文等文學作品，尤其是那些帶有奇幻色彩的詩文，例如莎士比亞的《仲夏夜之夢》（請參閱第4頁）以及亞瑟王傳奇。我還著迷於一些歷史片段，裡頭有許多豐富有用的圖像，我尤其喜歡英國內戰English Civil War（1642-51）時期的內容。

我的作品大多在頌揚自然世界的美麗、神秘及多變樣貌，而這些元素從我孩童時期就一直持續影響著我到現在。接下來的幾頁，我們將會一起探索詳談這一部分，而讀者也可以從我所提供的豐富資料中獲取靈感來創作作品。

湖之仙女

湖之仙女出身年代久遠而且可能是一名異教徒。在亞瑟王傳奇裡，湖中的少女擁有許多不同的名字，包括Nimue以及Vivienne這兩個名字，她在亞瑟王的命運裡扮演著給予亞瑟王那把神奇王者之劍（Excalibur）的角色，此外湖之仙女這個角色與希臘神話裡的水仙子有許多相似之處。Venessa是我在1990年代早期時的第一個模特兒，她擺出湖之仙女的姿勢讓我完成這幅作品。基本上我拍攝Venessa手裡握著複製劍躺在工作室地板上的樣子，而睡蓮部分是參考其他照片之後再畫進去作品裡。

工作室

我的工作室是我創作的地方，所以我的工作室裡收藏著所有收集來的參考資料以及靈感。如你所見，我全部的東西都擺放在工作室的四周－牆上掛著圖畫作品，架上放著道具以及裝飾品，還有一些細心分類後已貼上標籤的檔案夾。

架子上放的一些道具是我從手工藝市集、骨董展及後車廂二手拍賣之類的地方所收集來的。

檔案夾有標示著不同的檔名，如美人魚、精靈、樹林、鳥類、船隻、天空與雲朵、動物及花卉等等的名稱，檔案夾裡頭都存放著所有珍貴參考資料。

CD的音樂內容（我的工作室裡沒有電腦魔法）從70年代的Hawkwind橫跨到當代的流行樂團Unkle、Wire、Prodigy及Hybrid。

這裡的檔案夾是有關於中世紀時期的資料，例如騎士、盔甲與中世紀服裝。檔案夾裡當然還有凱爾特、諾曼人以及英國內戰重演的照片圖檔。

靈感來自於…

亞瑟拉克漢、埃德蒙杜拉克與威廉希斯羅賓森在1900年代為許多暢銷童話書創作很多迷人的插圖畫作。可以試著在諸多作品中找出杜拉克的天方夜譚、拉克漢的尼布龍根指環及羅賓森的仲夏夜之夢等作品來參考。

罐子裡裝著素描鉛筆、筆刷、調色盤、墨水以及水彩。所有地方都塞滿了東西，我真的需要一間更大的工作室！

表框好的作品準備用來展覽，也希望能在接下來的手工藝市集與展覽中銷售出去。

1970年代阿爾馮斯慕夏的《晨星》印刷版本，而另外一幅《極星》作品是掛在另一面牆的窗戶旁。

這本價格非常便宜的厚重書本是在雜貨店裡發現的，事實上這本是大約在1900時期所出版的奧地利「分離派」書籍作品，裡面有用金色裝飾的漂亮插圖。我都把這本書拿來當作道具使用。

在熱壓的水彩畫紙本上，有一幅剛開始創作的鋼筆畫。水彩畫本下的畫板在我當平面設計師時就已經在使用了，畫板上放有筆、墨水還有鉛筆，這些都是我職業所需的工具。

裡面放的大多是時尚（Vogue）雜誌，包括有英文版、法文版、義大利文版及俄文版。雜誌可以用來參考，且紙張也可撕下來使用，此外雜誌也可以幫助自己在創作上能有個大略的想法。

身為一名全職藝術家，殘酷的現實生活還是必須要面對。抽屜裡放的是一些發票、帳單還有納稅申報單等等的東西，畢竟我們不能一起跟著精靈遠離這個現實世界。

仲夏夜之夢的習作

我主要的靈感來源是文學作品，而詩歌散文可以增加創作想法。這張圖是為了第四頁的《仲夏夜之夢》而試畫的，基本上我還蠻快地就用2H鉛筆完成這張習作。原本這張習作的原圖大小是較細長的，但我把圖片下半部分剪下扔掉了。

神話與文學

　　神話、傳說及民間故事已流傳千年，即便我們現在已身處在高科技時代，這類的故事依舊環繞在我們身邊，而這些流傳千年的故事，還有文學作品與詩歌中的故事，均給予藝術創作源源不絕的靈感。我發現自己會從這類題材中不斷地獲取新想法出來，我也喜歡回頭翻閱一些經典故事，例如亞瑟王傳奇以及希臘羅馬神話，因為這些故事裡面所呈現的中世紀與拉斐爾前派（Pre-Raphaelite）圖畫作品是我喜歡的畫風。

　　不管是在畫月光仙子、女巫、水精靈或者天使，這些參考資料對我來說都是無價且寶貴的資產。由於我現在專精於精靈藝術，所以參考資料庫是一些經過篩選的作品。資料夾的標籤名稱有飛機、運輸、非洲野生及太空旅行，另外還有盔甲、刀劍、騎兵、城堡、鳥類、花卉、凱爾特人、諾曼人以及希臘手工藝品...等等。就如同你所想像的一樣，我還有一堆資料夾的標籤名稱是有關女人的畫像，裡面有拉斐爾前派、異國、有精靈特質及美人魚的女性圖像作品。還有一個資料夾裡面是放一些從雜誌剪下來的圖片，或者是從《時尚》等雜誌撕下來的頁面，而雜誌模特兒在圖片裡的姿勢，可以讓我在設計人物姿勢時有更多的想法。

歷史

　　在英國內戰的歷史重演活動中所呈現的原汁原味壯觀場面，應該很難再被其他表演超越了；而英國內戰的重演對於戲劇性的圖畫作品來說，是個有力的靈感來源。我的一些大幅素描作品，《穿越封鎖線》、《殘株》還有《埋伏》（下方圖）是在看完兩組英國歷史重演協會的演出之後所創作的。這兩組歷史重演協會－英國內戰協會English Civil War Society（ECWS）以及Sealed Knot（騎士黨Cavaliers與圓顱黨Roundheads協會），他們一起重演發生於1642年的波伊克橋戰役，這場戰役總共動用大約四百名騎士來演出，由於這些協會很自豪也很用心地準備演出所需的服裝、武器及盔甲，所以對於歷史圖畫作品來說，這些都是很棒的題材。

　　我會盡量多去觀看現場演出的歷史重演活動，然後再拍照以作參考用。其實這件事情執行起來一點都不難，因為英國在夏天時節，有時到處都會有「私人軍隊」在出沒。這些照片並不是用來畫歷史圖的，我只有在畫亞瑟王傳奇的作品時才會參考這些照片。我目前已收集了非常多的照片資料，而且之後還會再累積收集這類照片。

埋伏

這幅作品源自於一組我在觀看大型英國內戰重演時所拍下的照片（請參閱第8-9與52頁）。圖畫裡的這名騎士由於之前受過傷，所以他在山坡上落在主要人群後方。我試著畫出這個場景裡的特寫鏡頭，並且不讓旁邊其他人顯得太搶眼而模糊焦點。

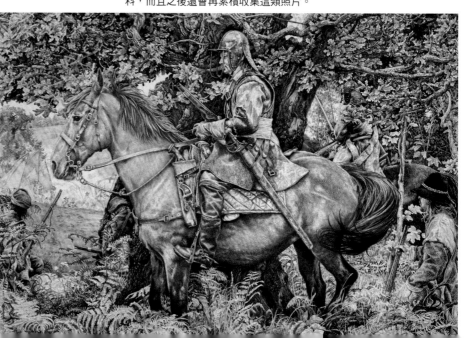

自然世界

在為精靈仙境量身訂作的場景時，自然界扮演了一個非常重要的角色。在自然界這個秘密的世界裡，有著奧妙神祕的森林、沐浴在銀色月光裡的林地，還有整片開滿茂盛花朵的草地。

自然風景世界在我的作品裡一直扮演著重要角色，而我的靈感來自於兒時記憶裡那個美好又豐富的自然世界－什羅浦郡鄉間，還有自己遊蕩穿梭在德文郡（Devon）、威爾斯（Wales）以及湖區（Lake District）樹林裡的回憶。我從小就開始在鄉野裡，到處探索斑駁樹林、破舊穀倉、謎樣的水塘，還有廢棄的鐵軌道。

我最愛德文郡那裡的樹林和溪流，尤其是位在達特摩爾（Dartmoor）裡面的智者森林，那裡有珍貴的橡樹森林遺跡，以前的橡樹曾經遍佈在這片荒野上。夏天時坐在智者森林裡，身處四周都是斑駁巨石、樹枝及長滿苔蘚的樹木，可以讓自己與自然融合在一起，還能聽見我所謂的自然界聲音，此外樹上那些纏繞扭曲、佈滿地衣且粗壯的樹枝都蘊含著古老的能量。如果不害怕的話，可以試著把時空拉到以前，想像一名毫無戒備的遊客在月光照耀且霧氣瀰漫的夜晚裡，因迷路而被困在樹林裡的惶恐不安心情，傳說「野獵」（Wild Hunt）即是源自於智者森林這片樹林。我在智者森林拍下許多不同的季節性照片（請參閱第94頁），還有其他地方的照片如Long Ash Wood以及Black Tor Copse。

我的參考資料裡也有一些照片是橡樹以及白樺樹（我最喜愛的樹種，有一種深沉神秘的共鳴，尤其是生長在Estonia的白樺樹）。許多主辦手工藝市集和展覽的豪宅莊園裡，都有很多古老且多節的Rackhamesque樹木。

我還有很多超過三十年收藏的參考圖鑑，裡面的圖片涵蓋各種主題，有原始森林、海岸、蘑菇、毒葷、鳥類、魚類、花卉及蕨類，大家要知道參考資料庫的內容是沒有上限的。當然收集到的圖片可能有些永遠都用不到，但至少在有需時身邊可以有資料參考。我經常會去逛逛舊書店、古董展還有後車廂二手拍賣，因為在那邊可以挖到許多意想不到的寶。

瀑布

這幅是我少有的現場原地素描作品。艾爾福斯瀑布（Aira Force）位於烏茲瓦特（Ullswater）湖泊附近，其瀑布的源頭來自於英國湖區。我先用2B鉛筆把基本的雛形畫出來，然後再回工作室把作品完成。

失落的樹林

這幅林地景色作品是源自我自己的記憶以及幾張舊照片，不過令人惋惜的是兒時記憶裡的那片樹林已經消失不見了。夏末時漫步在這遍地都是櫸木與白樺木的樹林裡，會發現很多不同種類的菌類植物，尤其是數量眾多的毒蠅傘。毒蠅傘是原型的毒葷，與畫童話故事的藝術家有著密切的關聯。如果你打算實物寫生的話，要注意毒蠅傘這種毒葷，因為它具有劇毒性會讓人產生幻覺。歷史上有記載毒蠅傘是「地球上的邪惡酵素」，而民間傳說也曾認為毒蠅傘這種菌類植物是大雷雨帶來的東西，另外有人認為維京人會吃毒蠅傘來提升他們的戰鬥力，不過科學並不採用這種不合邏輯的想法。

精靈的道具檔案

我大多是利用照片以及穿著戲服的模特兒，來創作描繪精靈仙境的圖像。這些會用到道具的創作來源，是我在作畫時不可缺少的初期階段。

我會注意任何一個對作品有幫助的有趣道具，所以我的工作室裡收藏了很多各樣零碎的道具（請參閱第32-33頁）。從過去幾年以來所收藏的道具變化多樣，包括有中世紀式的服裝、珠寶首飾、舊的皮裝書、聖杯、高腳酒杯、皮革木製的首飾盒、手工藝的銅製盒、石膏半身雕像、面具、孔雀羽毛的扇子、香水罐、骨董燈，還有其他各種以前的小飾品。我的工作室還有一些各式各樣的盔甲、刀劍、盾牌、Maygar的獵弓、箭筒、箭、獵弓和其他更奇怪的東西，像是鳥類標本以及鳥的翅膀和頭骨。

這章節將會建議如何發掘且使用模特兒和道具，還有很多攝影靈感可以激發出想像力。

梅蘭妮

"當它變冷縮小：小粒子聚集了起來，裂縫漸漸變小關閉：裂縫漸漸關閉，空氣隨著女巫的咒文消失於裂縫，咒文將永遠封印於此。神奇的劍由此而生。"
仙境國王的女兒
（唐西尼男爵Lord Dunsany 1878-1956）
梅蘭妮為扮演成唐西尼男爵小說裡的女巫Ziroonderel而擺出一系列的姿勢，而這張照片是其中之一。她對著劍吟唱神奇的咒文，把幽魂山丘上的雷電接引到這把劍上。照片裡的劍是維京劍的複製品，而服裝是在不同的哥德式服裝店買來的，然後頭飾是購買自女巫節慶（Witchfest）大會。

道具來源

可以用來藝術創作的道具到處都有，有些道具本身就很完美，有些則適合再作一些改造。很多我買來的道具都是訂作的，不然就是一些需要等我回到工作室後再加東西上去的道具。讀者如果有訓練好自己的判斷力，在找道具時將會發現許多無限的可能性，大家可以試著從下面這些資源著手，然後開始找出心目中的道具：

活生生的歷史重演活動

我許多道具是在中世紀歷史重演活動的地方跟現場經銷商購買，而這些歷史重演活動會在歐洲許多國家包括英國及美國舉辦。刀劍與盾牌可以從活歷史的市集以及展覽會買到，弓騎兵的弓以及一些較新的道具是購買自匈牙利與捷克的經銷商。讀者也可以在這些歷史重演活動的場合裡，發現很多來自不同歷史時期的服裝、人工吹製的玻璃高腳杯、花瓶以及瓶子。

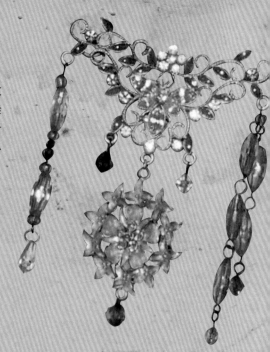

骨董店、骨董市集以及後車廂／車庫二手拍賣

我發現自己每次經過古董店或市集，都會忍不住停下腳步進去裡面瞧一瞧，因為這些都是很棒的地方，我可以在裡面挖掘很多有用的小骨董。在骨董店或市集裡好好地仔細翻找一下，都可以找到動物標本（如鳥類、鼬鼠…等等）、新藝術風格的珠寶、白鑞酒杯、燈籠以及舊書。

大會與節慶

世界各地都有舉辦各種不同主題的大會，從活歷史集會到科幻小說都有，所以讀者可以在大部分的大會裡買到可以拿來當作道具的東西。我在女巫節慶國際大會裡買到威尼斯面具以及異教徒羽毛面具，對魔法與巫術有興趣的人來說，女巫節慶大會可說是最大型的大會之一，此外還有其他節慶是關於異教徒以及哥德主題的。

地方性展覽以及手工藝市集

在地方性的展覽裡可以找到精選過後的各種道具，而大部分的道具都是跟鄉村居家手工藝品以及農村娛樂活動有關的東西。一組我經常使用的翅膀道具，是自己把散裝的羽毛重新組合而成的。我在一個展覽會裡買了一組金剛鸚鵡的羽毛回來，然後再把這些羽毛黏在一起，變成一個生動逼真的藍色翅膀，而這個翅膀跟紅色頭髮的模特兒（請參閱第28頁）形成一個很棒的對比。我現在為了一張正在籌畫的天使圖，正在想辦法找到一些天鵝的翅膀。

雜誌

可以從專業雜誌裡面的一些廣告找到道具，試著從精靈相關的雜誌以及歷史書刊開始找起。專業期刊如《Skirmish》以及《Call to Arms》是歷史重演愛好者的重要參考書，因此這些雜誌是非常有用的資源，裡面可以找到刀劍、盔甲、馬具…等道具。流行時尚的《Gothic Beauty》是一本實用的雜誌，裡面有非主流的另類服飾廣告，讀者可以改良以及訂做雜誌裡面的衣服。

委託製作服裝

雖然可以買到各種不同時期的服裝，但是所資可能不斐，所以你可以委託別人訂作服裝，而且服裝越特別越好。

網路

可以購買道具的網路商店非常多且日益增多，在網路上可以找到很多資料。

我有各式各樣的無邊便帽以及頭飾。圖片裡的頭飾我第一次拿出來用，這個頭飾是由手染的絲絨布所做成的，原本是用來當作舞者的帽子（火鳥舞）。這種帽子的特色是上面有各種不同的圖案，可以用珠寶、羽毛等飾品來稍微修改。

這件衣服是從服裝出租公司租來的，比平常的化妝服裝還要再稍微逼真一點。

這是我專門收集來當成道具用的其中一本舊皮裝書，這些書通常都是舊的記帳書，除了皮革裝訂的封皮吸引人之外，本身並沒有什麼其他價值。

邪惡咒語

這幅作品結合了很多道具，從魔法書（事實上是一本佈滿灰塵且發霉的舊記帳本）到無邊便帽以及玻璃長管，都被一起放在這張圖片裡。這張圖是我第一次以艾比為模特兒所完成的作品，我們兩人是在手工藝市集上認識的，她當時跟我買了一幅作品，而她年輕且具有拉斐爾前派風格的長相，還有濃密的自然捲髮讓我眼睛為之一亮。她在圖片裡扮演一位詭計多端的女巫，正在施放邪惡的咒語。這幅作品運用了5H到6B間的各種鉛筆並使用許多不同的鉛筆技巧，從書本裡流瀉出來的咒語，是先用5H鉛筆畫出不規則鋸齒狀的符號，然後再用HB鉛筆將符號的周圍拋光形成閃爍的效果。

模特兒與戲服

我的創作裡運用到大量的模特兒以及參考照片，而在接下來幾頁將會看到一系列穿著戲服的模特兒照片，這些照片的用意是要讓讀者了解如何運用戲服及道具來完成作品，並且激發創造力畫出寫實的感覺。

許多照片都有版權，這本書裡的照片也有，所以這些模特兒的臉不能被大家拿來當作參考。讀者只要費一點心就可以找到模特兒了，又或者可以參考第56頁的利用照片作畫單元來描繪作品。

戲服的來源非常多元，從哥德服裝網站到各個大會都可以找到不同戲服。有關亞瑟王／中世紀主題的作品，我大部分都會找華麗的綿緞、絲絨及絲綢，我有時也會改修服裝，像是畫一些裝飾圖案如星星或者凱爾特族圖案在衣服上面，像蕾絲這種古老的紡織品，就可以加在服裝上面製造出不一樣的效果－任何可以讓服裝加分的東西都可以使用。裝飾越多且作工越細的戲服，會讓畫畫變得更有趣，事實上我覺得

越古怪、越「奇幻」的戲服所產生的效果越好。黑暗天使（Dark Angel）網站（thedarkangel.co.uk）的特色是創作一些讓人驚艷的戲服，尤其是絲絨製的服裝，所以大家可以從這些衣服開始著手，然後加入自己想要的元素上去。

厚的絲絨和綿緞可以襯托搭配王室或者皇后這類的圖像，然而在描繪精靈這種圖像時，有些地方需要作些改變。為了表現出精靈那種虛渺超凡的特質，我喜愛用精細布料所做成的戲服如絲綢、雪紡綢、薄紗還有綢緞，可以把這些布料著色、燃燒或者染色來製造出不一樣的效果。這些布料本身可以創造出波浪、流動的線條還有立體感，尤其當它們拿來與強大風扇一起使用時，可以讓戲服以及頭髮產生不一樣的變化。

當模特兒、戲服、想法、藝術家及道具全聚集一起，然後創造出「時機」時是一件美好又令人興奮的事，因為你知道所完成的作品將會有所不同。

運用一點想像力，家用產品也可以變成道具－圖片裡的羽毛是取自雞毛撢子而作成的彎月型翅膀。

像這種有中國設計的特殊圖案靠墊可以幫助激發想法。

無邊便帽是個實用的道具，可以把各種不同的物品裝飾上去，然後打造出不同的風貌。

艾蜜莉在拿這把又重又尖銳的劍時需要小心她的腳趾，像這種逼真的道具可以讓模特兒營造出某種特別的情境。

注意這件絲絨材質洋裝如何展現出模特兒的姿勢以及身體曲線。

收集各種不同布料，像圖中這種手工藝設計的床罩可以讓作品融入更多細節元素。

艾蜜莉

這些是最近拍攝的照片。我在女巫節慶大會上認識艾蜜莉，並且被她的紅髮以及脫俗氣質所吸引。她在照片裡拿著劍的樣子看起來很棒。

這頂無邊便帽上有金屬環，可以將珠寶飾品掛在各種不同的位置上。

不同顏色的服裝會讓人產生不同的心情以及感覺－紅色象徵熱情、危險及野心；而如同照片中的白色天使裝，白色代表著純潔、才智與希望。

凱莉

幸好凱莉在拍攝這張照片時沒有對羽毛過敏。頭飾是結合孔雀與鸚鵡的羽毛所完成的，而珠寶則融合了現代以及古典。

像這種白色絲絨的戲服用途很廣，而且這類衣服修改起來也很方便，比如說可以塗上繪畫染料或者是在衣服表面畫上有趣的圖案。

注意看這個巨型羽毛如何隨著凱莉的身體線條而呈現出來。

凱莉

凱莉在這張照片裡穿戴了幾樣基本的道具，包括一條裝飾項鍊、一件絲絨洋裝及一本舊書，而這些道具讓照片營造出不同層次的質感。

凱莉在照片裡戴的是現代款的頸鍊。如果想要的話，也可以在描繪作品時發揮想像力，把頸鍊畫的更精緻一點。

可以設計燈光照在模特兒身上的角度，因為燈光照在布料上所呈現的明暗效果可以凸顯出模特兒的身形。

要擺出一個優雅姿勢，不僅要注意整個身體位置，還要留意像手部這種較小身體部位的姿勢。

這件哥德式服裝有長的魚尾裙襬設計，而這種裙襬可以調整出適合的形狀，此外裙襬也可以順著身體姿勢而產生出自然垂落的效果。

© ED ORG

這件在格拉斯頓伯里買的頭飾在描繪複雜細節時，會是個極佳的靈感來源，因為越有複雜設計的頭飾，畫起來會越有樂趣。

這件深紫色的斗篷與模特兒的秀麗紅髮及金色頭飾，形成迷人的對比。

具有不同材質、光澤以及花樣的戲服會讓作畫過程變得更有趣。可以從流行設計的緊身胸衣開始著手，然後畫出更有創意的設計圖案。

© ED ORG

芙蕾雅

照片中的這件華麗斗篷是芙蕾雅自己的。如果模特兒在裝扮上的參與程度越高，所呈現出來的成果會越好。

可以注意一些帶有精靈風格的流行服飾，例如照片裡的網狀手套及染色蕾絲的緊身胸衣

裝飾道具

在圖繪精靈仙境時，裝飾細節可以讓夢幻世界變得栩栩如生，也會讓作畫過程變的有趣，所以要多注意身邊是否有有趣的道具出現。

各種形狀大小的道具都是創作時的寶貴資產，因為道具不僅具有真實感，還能讓作品產生一種神奇、神祕或怪誕的感覺。幾本舊的皮裝書、聖杯、銀製高腳杯及木製珠寶盒，便可以營造出永恆不朽的氣氛，還有其它裝飾道具如香水瓶、骨董燈、金屬絲製的頭飾、羽毛扇、珠寶、面具、無邊便帽與頭飾，可以利用一些基本的工具如鉗子、金屬絲及一些珠子來加以修改訂做。

像這種有複雜造型的道具可以營造出有趣的陰影，此外也可以為作品增添一些真實性。

工作室道具
這是我工作室架子上的一個小角落。各種不同架子的上面擺滿高腳杯、瓶子、扇子、面具及珠寶飾品。

可以在後車廂二手拍賣會上注意一些特別的珠寶單品，這些珠寶通常都很便宜，而且可以拆解後再重新組合成不同的樣式。

幸運發現
我收集一堆從古代到現代的各種樣式瓶子，這些是購買於手工藝集市以及古董店。

可以收集一些具有獨特紋路及光澤的瓶子、高腳杯及花瓶。不同表面及裝飾的器具將會考驗你的繪畫技法，端看你如何精準地將它們呈現在作品裡。

中世紀集市裡的專賣攤位是可以挖掘玻璃手工藝品的好地方。雖然玻璃製品易碎，不過看起來很美

燈飾可以進一步用珠子或者用噴漆重新上色來裝飾美化。

© ED ORG

艾比

艾比現在這個姿勢是為水精靈這幅作品而擺出的。這個生鏽的燈飾是在後車廂二手拍賣會上用幾分錢買來，戲服是請人訂製，而皇冠是在手工藝集市上買的。

凱莉

凱莉在這裡所試戴的幾件單品，是我在翡翠集市向一位同領域的手工藝家購買。

這件金屬絲物品原本是掛在牆上的裝飾品，不過為何不試著改良一下，拿來放在模特兒頭上來看看是否會有其他效果？

這條骨董印度罩單可以當作美麗的背幕，也可以當作裝飾品或者拿來披在模特兒身上。

© ED ORG

45

器皿

　　我過去幾年來已經收集了各式各樣的器皿與容器，包括高腳酒杯、玻璃壺、香爐、酒瓶、箱子及香水瓶。有些器具是在手工藝集市買的現代款式，其他則是一世紀到二十世紀的玻璃器皿複製品，其中許多器皿都是購自於歷史文物展覽會。

　　我會購買不同形狀、顏色以及樣式的器皿。如果需要的話，我會在作品中畫進不同歷史時期的器具，由於我個人並不在意作品是否有符合歷史事實，所以我會把諾曼時期與中世紀時期的器具一起搭配使用，然後畫在同一幅作品裡。我最近收集了一些在德國薩克森製作的精美玻璃製品，另外我也喜歡用裝飾藝術風格的香水瓶，因為它們有非常華麗的「波斯宮廷」造型。古董展覽會以及後車廂二手拍賣會是可以發現一些有趣東西的地方，我在那邊仔細搜尋一番後，找到了聖杯、白鑞製的缽碗以及玻璃瓶。如果不在意雙手會弄髒的話，這些地方都是尋寶的好去處。

這個瓶子是依據羅馬香水瓶的樣式而作出來的，瓶子的假外殼會讓人以為它是真的羅馬香水瓶。可以讓模特兒嘗試各種不同的姿勢，直到她的手與瓶子有擺出心中覺得最好的樣子。

運用相關道具來發揮想像力，這個木製碗裡面裝有絲製花瓣及葉子。

艾比
這張照片是艾比為《邪惡咒語》（請參閱第39頁）所拍攝的系列照片之一。戲服是借自戲服租借公司，木製碗是在手工藝集市發現的，瓶子是仿羅馬的硬殼瓶，而絲製花瓣是在當地商店購買的。

發光的聖杯
《著魔》（請參閱第108頁的全圖）局部圖中的白鑞聖杯是在教堂義賣活動裡買到的，而尖銳造型的皇冠則是買自女巫節慶大會。

可利用穿著戲服的模特兒姿
勢、各種裝飾道具及印度風
盒子組成一幅簡單的畫面。

凱莉

凱莉在這張照片中手裡拿著一個金色的裝飾
盒子,為《極光》這幅作品拍攝了一些照
片。這個盒子是在英國南部的布萊頓市場裡
找到的。

潘朵拉的盒子

希臘神話裡有描述到潘朵拉,傳說統治眾神的宙斯給了
潘朵拉一個盒子,裡面裝滿了人類的禍害與苦難,宙斯
告訴潘朵拉不可以打開盒子,但她被還是被自己天生的
好奇心打敗而打開了盒子,而盒子被打開之後裡面所有
的災禍便散落到世界各地,不過盒子裡仍然還是存有著
希望。照片裡的盒子是在舊貨店買的,可惜的是裡面什
麼東西都沒有。

珠寶、頭飾以及面具

耳環、項鍊、戒指、手鐲、臂環、腰帶、頭飾及面具，都可以讓作品融入更多的裝飾元素。為了增加精靈生物的神祕感，可以盡情的發揮創造力與想像力來設計出戲服上的裝飾品，我會在這裡呈現一些例子。

可以在許多通路找到珠寶飾品，包括古董展、二手店（舊貨店）及專賣店。我喜歡找一些具有新藝術風格或異教徒元素設計的單品，此外新的珠寶飾品可以拆開之後再重組。如

果想得到一些有關頭飾、身體飾品以及項鍊的設計想法，可以閱讀一些極重裝飾藝術的藝術家如阿爾馮斯慕夏以及古斯塔夫克林姆的作品。

左下圖裡的威尼斯面具是在古董店找到的，而帶有「綠衣女子」感覺的異教徒面具（右下圖）是購於女巫節慶大會。希望之後還可以收集到更多這種漂亮的羽毛面具。

這種面具有許多另類的材質以及造型，可以成為畫畫的題材。

可以利用這種手工製面具來嘗試各種不同的畫法－留意面具上柔韌的羽毛以及皮革的光澤。面具上的光澤感可以利用紙張的空白處來表現。

芙蕾雅
芙蕾雅臉上的華麗威尼斯面具購自於骨董市場，耳環則是1990年捷克斯拉夫新藝術風格的復古設計。

凱莉
凱莉戴著從女巫節慶大會買回來的手工製皮革面具，上面有孔雀羽毛裝飾，雖然面具上面的藍色蝴蝶是現代的飾品，但看起來完全就像是異教徒的面具。

這個無邊便帽有多種用途：帽子上的金屬環可以裝上各種不同珠寶來裝飾。

凱莉

凱莉所戴的無邊便帽上有裝飾一些現代與舊款式的珠寶，要把這些不同風格的飾品放在一起會花費一點時間，所以模特兒必須要有耐心一點。

新藝術風格的復古耳環可以裝飾在無邊便帽上（如上圖所示），或者可以放在頭髮裡來製造出不同的效果。

精靈化妝舞會

這幅以鉛筆與水彩所繪畫完成的作品將會放在框架裡（請參閱第105頁）。圖畫中的腰帶事實上是一條華麗的頭鍊。

芙蕾雅

這是芙蕾雅的頭像畫。我試著拍攝各種不同組合的道具照片。項鍊可以變成頭飾，反之頭飾也可以變成項鍊。

49

這個背幕也許只是個掛在牆上的簡單雪紡綢,但這種布料可以創造出各種不同的形狀。

可以在古董展以及後車廂二手拍賣中找到有趣的皇冠、項鍊及胸針,而買回來的飾品都可以拆解後再重組成獨特的作品。

尋找道具時要保持開放的心態。這個肚皮舞者戴的銀色頭飾看起來很特別,而且呈現出來的效果很好。

艾比

這是另一張有混搭飾品的照片。鴕鳥羽毛是染過顏色的骨董飾品,而艾比在圖中所戴的頭飾(看起來好像很難戴)是在肚皮舞攤位買的。這張照片被使用在我的一幅作品裡-《守望貢多林》。

© ED ORG

艾蜜莉
艾蜜莉在照片裡的姿勢是手裡拿著威尼斯面具，頭上戴著裝飾頭飾，脖子上則配戴著珠寶，另外靠墊是向一間位在橋汀翰的古董紡織店租來的。

運用這種道具可以讓你畫出羽毛的輕柔，並且和面具的堅硬外形形成對比。

這件鎖子甲可以拿來練習繪畫技巧，也可以單純當作是工作室裡的裝飾品，能提供一些作畫靈感。

石膏半身像
工作室的一個角落裡塞滿了零零碎碎的東西。這個平凡的石膏半身像是在舊貨店裡買的，幾年來石膏像上掛滿了各式各樣的物品。在模特兒還沒到場拍照之前，可以把飾品或道具放在這個石膏像上，看看哪一些飾品比較適合拍攝主題。

盔甲、武器、馬具

像盔甲以及馬具這種道具，在創作歷史或者神話類的圖像時非常有用。雖然我有一些零散的盔甲，但我大部分的資料來源是那些參觀中世紀歷史重演活動時所拍攝到的照片。時間一久，當我漸漸跟這些參加聚會的人熟稔了起來，而他們也認同我的畫家身分之後，他們通常都會很樂意擺出一些姿勢讓我拍照。

現在有關活歷史的周邊商品變得非常受歡迎，大部分的盔甲、制服及馬具都做的非常逼真。七月在英國舉辦的蒂克斯伯里中世紀園遊會（Tewkesbury Medieval Fayre）是搜尋盔甲以及戲服的絕佳場合，由於這項活動有高達兩千名的歷史重演愛好者參與，因此這裡可以有非常多的拍照機會。

騎兵造型

這類的參考照片可以看到士兵在參與戰爭時身上會穿上的物件，而在描繪皮革時，這照片可以讓作品畫的更逼真有說服力。

埋伏

在第8-9頁還有第34頁可以看到這幅畫的全圖。如上圖所示，這張作品的參考資料是一些在英國內戰協會以及Sealed Knot協會的聚會中所拍攝到的照片，所有的服裝與盔甲都是歷史重演愛好者的私人物品。

盔甲騎士

外景照片不但可以創造出氣氛，還可以在描繪盔甲及其他裝備時成為有用的參考圖像。

中世紀小物

這些照片拍攝於英國的蒂克斯伯里中世紀園遊會，作畫時我會參考這些照片。

女巫摩根之谷

這幅作品（可參閱第92-93頁的全圖）是參考歷史重演協會裡的一些騎士照片，其中主要的軍備都是那些騎士自己擁有的物品。從圖畫裡的細節地方可以發現有些東西是想像出來的裝飾品，包括盾牌以及馬具上的裝飾圖案。

精靈人物

從洞穴裡的壁畫到現今的畫廊，長久以來人物一直是我藝術作品裡的重要主角，而我也一直希望能夠創作一些讓人注意且難忘的人物作品。我的作品重點除了人物要逼真有說服力之外，還必須同時兼具夢幻感，並且能成功地讓讀者在閱讀精靈仙境時會有身歷其境的感覺。關於繪畫技巧方面，我鍾意縹緲虛靈的效果與氛圍，並藉此希望能夠激發讀者的想像力。在這一章節裡我會呈現一些描繪人物的技法，並且給予一些建議，此外我也會透過詳盡的素描圖來說明如何描繪出人的形體、頭跟臉、眼睛嘴巴，以及頭髮跟手。

甦醒的甜美厄可

由於希臘神話裡的仙女厄可對自戀少年納西瑟斯的愛沒有得到回報，她被天后希拉懲罰永遠只能重複別人說過的話，可憐的厄可日漸消瘦，到最後只剩下她的聲音留在世上迴盪。這幅作品是參考模特兒梅蘭妮拍攝的多組不同照片後所描繪完成的，這張照片是取自她剛從臥房睡醒伸懶腰的樣子。我有時會花一點時間在我的客廳用靠墊、雪紡綢布簾、孔雀羽毛以及手工藝的家俱布料來營造一個「佈景」。厄可頭上那個翅膀造型的皇冠是我自己想像的。

利用照片作畫

我很多作品都是根據照片來繪畫的，會這樣做的原因並不是只有模特兒的關係而已，還有因為照片裡有許多其他元素可以參考，如景色、樹、花園、建築物以及馬等。自然世界與建築物的照片相較起來比較容易取得，而且照片還可以保留起來以供日後使用，但是人物主題的照片需要多一點心思與功夫來拍攝。

第一件事是先找到模特兒。我不用專業模特兒，因為他們太過艷麗了，所以最理想的模特兒人選是必須對藝術或者神話有興趣，而且本身也具有想像力的人。如果模特兒沒有拍照經驗，最好先從簡單的姿勢開始擺起，然後等她（或他）建立自信之後再慢慢擺一些較複雜的姿勢，最重要的是要尊重模特兒，要確保他們有私下可以換衣服的地方，也必須提供一些食物給模特兒，此外還要確認他們有適時的休息時間，因為模特兒在拍照期間非常辛苦。

模特兒對於姿勢是否感到自在很重要：如果他們覺得這個姿勢不舒服，那拍起來的照片也許看起來就會很怪。如果照片有拍到模特兒的手跟腳，要記得檢查一下手腳位置有沒有問題。

多觀察模特兒以及集中思考來訓練自己設計出不同的姿勢，可以試著從模特兒身上找到新的想法。我的許多本舊書及撕下來的雜誌都可以幫助我完成構圖，通常只有偶然的機會才會有靈感閃過，不過我發現在迷人且身材苗條的模特兒身上確實可以找到一些靈感。

我經常參與全國各地舉辦的歷史重演活動，而活動中所拍攝的照片在我的作品裡都扮演著很重要的角色。拍照時除了「站在人群最前面卡位」這個大家都知道的技巧外，我還會試著找一下有比較多騎士聚集起來的地方，而這些地方通常都在遠離主要表演區域的安靜角落，我已經利用這個方法拍到很多很棒的照片。只要夠謹慎且細心，在拍一些重要時刻的照片時，就可以避免在相機的觀景窗裡看到閒雜人等的頭或者手肘，而讓自己懊惱。我沒有研究拍照的技術性問題，也沒有遵守任何拍照規則，對我而言相機只是個工具，而照片只是單純用來保留住瞬間時刻的影像。拍攝出來的照片可以留作日後參考使用，有時候有些照片甚至是在多年之後才有派上用場。當我覺得某個姿勢很有趣的時候，我

戴著藍色皇冠的潔西卡

這幅新藝術風格的水彩作品（右圖）是源自模特兒潔西卡的一組照片。潔西卡在照片中穿著戲服，手裡拿著道具（最右邊的圖）。這張照片是個很棒的參考資料，讓我可以順利完成這幅作品。潔西卡手裡拿的高腳杯是在後車廂二手拍賣裡找到的。

夏之島射手

我有拍攝多張艾比穿著不同戲服的照片，而左邊這張圖像就是利用這些照片來彙整想法。拍照時可以多多嘗試不同的道具與角度，可惜上頭這張參考照片有兩個明顯的錯誤，不過可能是要一位弓箭手才會發現錯誤在哪裡－我就把這個錯誤當作是藝術家可以自由發揮創作的權利囉！

會從不同角度拍攝多張照片，包括手跟腳等部位的特寫。

等照片全部洗出來之後，我會挑選出最好的照片，然後毀掉被淘汰的照片。

由於還沒開始用數位相機，我還是用原本那兩台可靠的 Canon EOS-1000相機，而我通常會使用兩個鏡頭，一個是35－80mm，另一個則是80－200mm，鏡頭的使用端看我想要拍攝的照片是要特寫或者是遠距離。用我的客廳當作拍照攝影棚時，我都只用自然光來拍攝。這邊當地的專業暗房有洗出我所有的幻燈片以及照片，有些比較好的照片作品還會再洗成深褐色、金色及藍色色調，這些是要留給我以後的子孫。

描圖

我偶爾會利用描圖方法畫出照片的模特兒或者其他一些元素物品。我只有在構圖多人物的作品時才會使用描圖，會這樣做是為了多看看哪些東西可以放在作品裡，同時能避免破壞圖畫作品的完成。描圖紙可以讓你嘗試畫出各種不同設計的圖像，如服裝、盔甲及帽盔等等，另外多添加的翅膀、珠寶或者改變手臂以及手的位置，都可以利用這種描圖紙的方法來做。一旦選定了一個滿意的設計圖，就可以把它描繪到準備好的畫紙上。

描繪人物

觀察真人而描繪出來的人物素描，是沒有任何東西可以取代的，因此人體素描課可以幫助讀者培養出這些相關的畫畫技巧。各種描繪人物的技巧都會在這裡呈現，包括姿勢、比例以及把基本的人體畫在紙上的步驟流程，不過總言之這些繪畫技巧都要回歸到觀察以及不斷的練習。

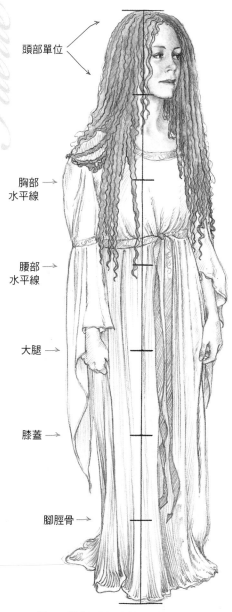

頭部單位

胸部
水平線

腰部
水平線

大腿

膝蓋

腳脛骨

從頭部開始計算比例

頭部通常都做為測量其他身體部位的單位數，而實用的估算方法為頭部比例大略為身體的七分之一大小，所以知道頭部高度之後，就可以大概測量出其他身體部位的位置了。

選定姿勢

雖然我使用相片作畫，但由於我的作品純粹是描述與分析型的素描圖畫，所以我仍然會非常注意姿勢的部分。想要成功描繪人物除了需要了解人體解剖學之外，還必須知道如何利用模特兒的姿勢表達出態度與立場。

上述所說的特質可以利用各種方式來呈現，如頭部的角度、手部的運用或者身體的位置。服裝也可以用來傳達姿態以及動作，就如同我的模特兒在精靈道具檔案那一章節裡所拍攝的那些照片（請參閱第36-53頁）。

我會為了一個作品而花很多時間跟模特兒一起找出對的姿勢，如果模特兒太緊張或害羞，又或者完全不喜歡你想要他們試著擺出來的姿勢，那照片成果一定會很慘。成功的照片取決於我對作品的態度，我發現模特兒都會因鼓勵而表現得更好，所以我都試著要自己有欣賞力與耐心。

聞玫瑰花或者躲在扇子後面看起來嬌羞的這類姿勢，現在看來都會覺得有點老掉牙了，然而如果讓模特兒手持一把重的劍或者獵弓的姿勢，便可以賦予她一種權威感。當每件事都釐清就緒之後，模特兒就會變成你的謬斯女神了。

抓對比例

畫出正確的人體比例也很重要，所以你必須要知道人體結構的骨骼與肌肉組織。仔細看一下左邊的人像圖，注意觀察不同部位的相對比例，然後在作畫時要記得注意是否有遵守「前縮法」（foreshortening）的規則。前縮法是描繪四肢或身體某部位處在特殊角度或者位在你視覺直線上時的一種特殊畫法，所以邏輯上圖畫中離你較近的身體部位應該看起來比較大，但畫者會把它畫的比較小，而原本邏輯上離你比較遠的身體部位應該畫比較小，但畫家會把它畫的比較大，這樣一來可以讓整幅畫看起來比較和諧。有一個重點必須牢記在心，那就是畫你所看到的，而不是畫你認為應該會在那出現的東西。

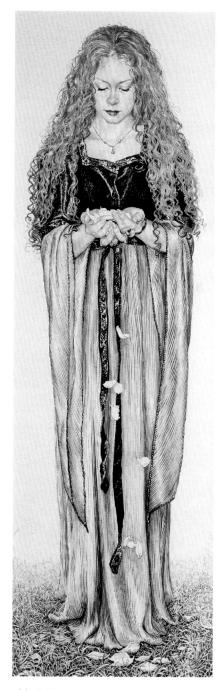

花瓣

這張鉛筆素描是為了設計《魯夫的妻子》（請參閱隔壁頁的圖以及第100-101頁的全圖）這幅作品而試畫的習作。戲服是向戲劇供應商借來的，而花瓣是用絲做成的。

畫出形狀輪廓

　　了解衣服下的身體形狀才能畫出寫實的圖像，比如說絲絨洋裝在碰觸到大腿時，其布料表面會產生光澤，而當光線照射在美人魚的身體曲線上時，美人魚身上的鱗片也會變得閃閃發亮。注意解剖學的基本部分如皮膚下的骨骼構造以及肌肉張力，理解這些將會有益完成一幅成功的作品。繪畫人物時，我會用2H或者5H鉛筆將各種線條與色調混合在一起，同時也使用線影法與交叉線影法的技巧（請參閱第16-17頁），之後再畫出顏色漸層來構造出立體效果。交叉線影的線條是對應著身體的線條曲線來畫出。

　　因為女性身形比男性來的柔軟，而深層結構也較難以看出，所以我會加強女性人物某些部位的輪廓，特別是手肘、下巴線條、肩膀及膝蓋部位，在描繪這些部位時以清晰簡明的方式來呈現，而身體軀幹及胸部等等的部位則以更柔和且具有美感的畫法來處理。

練習素描

　　如同我之前所說的，要完成一幅身形優美的人物畫，其關鍵就是要不斷的練習作畫，可以買一本素描本，然後抓緊任何機會畫下眼前所看到的人，而不是畫自己幻想出來的人，等時間久了之後就可以慢慢抓出人形的身體比例，然後在描繪各種不同姿勢的人物時也會變得比較有信心了。

誇大形狀

抓對身體比例很重要，但如果想畫一些比較特別的人物圖像，那一些身體比例規則是可以不用遵循的，例如我有許多人物作品想營造出優雅輕盈的感覺，那我通常就會稍微拉長身體某些部位如手和手臂，來達成我想要的效果，而這種拉長效果的畫法可以在左邊這幅《魯夫的妻子》（請參閱第100-101頁的全圖）作品裡看到。

描繪人物

在這一頁與下一頁，我將按順序用圖片講解自己在繪畫人物時所用的步驟流程，並呈現天使人物圖像的描繪過程，讀者可以依照這邊的指示創作精靈人物。有時一個人物獨特的特色部分會在作畫過程的後期階段才會出現，就如同這裡的天使圖像，她身上的翅膀就是這樣畫出來的。

在這個階段要使用較粗硬的線條，並且擦掉本來一開始所畫的粗略草圖，這樣才比較不會造成混淆。

1. 畫出草圖

先用2H鉛筆畫出人物的草圖，隨意地畫出頭、軀幹與小腿的位置，然後在人物身體上大略地畫出服裝的形狀。確認一下身體比例是否正確－頭部為身體的七分之一大小（請參閱第58頁），最後大略畫一下主要的細節部位，然後再畫出翅膀粗略的形狀。

2. 畫出主要的輪廓線條

仍使用2H鉛筆在主要的輪廓上畫入更多重要的細節，例如頭髮的形狀、連身裙上身的初步裝飾品、袖子與頭飾，以及服裝的流動線條。由於要畫的主題是天使，所以要開始思考一下翅膀的形狀，在這裡可以多利用各種適合的參考資料來構思。

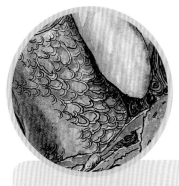

培養技巧

在人物上畫出寫實的細節部分，例如美人魚身上的鱗片，可以讓作品創造出一種吸引力與氛圍。

1. 技巧的練習方式是先畫出鱗片要逐漸變成皮膚的那一塊身體區域，並且要確保鱗片有沿著身體曲線畫出。

2. 在圖畫上刷上一層深茶色的淡水彩，再用乾淨的水以濕布擦拭吸乾製造出斑點的效果。將土黃色跟暗紅色的水彩混合之後塗到畫紙上，然後再一次用乾淨的水刷出需要打亮的地方。

3. 陰影部分是將上述的混和水彩顏色加入法國群青或者青綠色的顏料，圖畫亮光處可混合鈷藍色與檸檬黃這兩色來打亮，而較暗的區域則用藍色與青綠色來上色。

4. 最後在畫紙上塗上鈷藍色／檸檬黃色的水彩顏料，以達到波紋的圖案效果。

美人魚

美人魚這幅作品與水精靈（請參閱第29頁）是姐妹作，一開始是先用淡的鉛筆畫出草圖之後，再用鋼筆描繪覆蓋住鉛筆的痕跡。這幅作品的構圖雖然簡單，但有出現很多裝飾性的圖案，如美人魚身體和尾巴的曲線圖案與阿拉伯式圖飾花樣、鞭繩般的頭髮以及飄動的海草，這些元素讓作品呈現出漩渦狀的感覺。我想追求一種自然且具有新藝術畫風的感覺，能讓美人魚在海洋裡呈現出優雅的姿態。

3. .加入裝飾元素

確認洋裝的透視畫法是否正確，必要時可以在這個階段調整畫出洋裝的立體感，尤其是地板位置的裙襬部分需要特別注意透視效果是否有做到。在戲服上用複雜的裝飾漩渦圖案來加入更多細節，然後再沿著服裝的自然擺動線條畫出漩渦圖案，並利用漩渦圖案畫出色調以及人物的形狀。

4. 加入其他作品元素

　　查閱參考資料庫，然後找出特定想要的翅膀圖片資料。換句話說，就是找出可以激發你靈感的圖像。畫翅膀的輪廓時，可將人形後面的翅膀陰影區域塗滿，並試著讓翅膀的曲線有對應到頭飾的形狀與衣服的打摺處。此階段要開始用2H鉛筆畫出色調以及更多的細節，用鉛筆畫出更多漩渦圖案（請參閱第18頁），來加強頭飾的細節部分。

用HB鉛筆填滿陰影，再用擦筆（請參閱第11頁）製造出柔和的色調。

5. 更多的細節

運用HB、2H，與5H鉛筆畫出更多細節，還有皮膚、戲服以及翅膀的色調。用擦筆與棉花棒打造出不同的色調，在頭部與頭飾上畫出裝飾細節。如同你所看到的，作品裡的各種不同元素可以讓人像散發出和藹的感覺。最後完成的作品比原先的粗略草圖多出更多的動態感與設計裝飾。

5

運用白色的可揉捏橡皮打亮一些部位，尤其是天使的皮膚以及翅膀區域。

靈感來自於…

可以在很多地方觀察到靜態和動態的人體形狀，像是倫敦國家肖像館這類的美術館，裡頭收藏著非常多的藝術作品，其作品呈現許多的人體外形。如果想要動態一點，可以試著參加時尚秀，看看伸展台上的女模特兒身形，還能觀察布料與衣服皺摺處的外觀效果。

描繪頭部與臉部

　　說到人物素描，其中一個我喜歡跟非專業模特兒合作的原因，就是因為這種模特兒的表情比較豐富，而這點對我的作品來說很重要。當我尋找模特兒時，我會看她的頭形、眼睛、鼻子及嘴巴等等，此外臉部五官線條一定要緊實立體，且要盡量對稱才能揣摩出精靈人物。

　　描繪頭部時，我並不是要畫出寫實的人像畫或者是模特兒的特色，而是要試著刻畫出理想的情緒表情。要記得模特兒的照片只是個範本，因為世界上根本沒有完美的模特兒，所以你得用不常見的方式來詮釋作品，也就是一些可以讓作品加分的作畫方式，而透過想像力將會讓作品脫離現實。繪畫臉部與頭部的基本步驟會在此頁與下一頁加以說明。

頭像畫

這是一張相當簡單的精靈頭像畫。注意由線影法所塑造出的臉形，以及由交叉線影法與混 合方式所畫出的眼睛周圍、鼻子與嘴巴部分。

1. 畫出粗略的草圖

　　一般最先想到的草圖就是粗略的隨意亂畫，不過在這裡可以用2H鉛筆畫出較仔細一點的頭部、臉形與頭髮大致形狀的草圖。在頭髮曲線與漩渦線條的包圍之下，應該要把重點放在精靈般的眼睛上，在這裡可以用HB鉛筆來描繪。

2

2. 加強主要與裝飾性的線條

現在繼續用更緊實的線條勾勒出輪廓，加強所有主要與裝飾性的線條，如果需要的話可以擦掉一開始畫出來的草圖。注意嘴巴與鼻子是否有畫在正確的位置上，以及是否有畫對比例。為了要符合精靈的模樣，我把眼睛畫的比較大且呈現傾斜狀（有關眼睛與嘴巴的描繪技巧，請參閱第68-69頁）。

用流暢的線條加強
頭髮的形狀。

3

一邊看著參考資料，同時注意線影位置，以描繪出臉部的形狀。

3. 加入線影

運用線影法（請參閱第16頁）在臉部畫出立體感與色調，記得在作畫時要考慮到皮膚下的骨骼構造。用HB鉛筆搭配不同的筆壓畫出所有的線影，並留意主要的強光與陰影部分在哪裡。最後，開始加強眼睛的線條，尤其是瞳孔與眼睫毛。

將眼睛的亮光處留白，所以打亮的地方只會看到白色的畫紙部分

4. 打造明亮處與 陰影處

在這個階段開始用擦筆（請參閱第11頁）與棉花棒來「雕塑」臉部的明亮處與陰影處。作畫目標應該是要畫出女性柔和的感覺，並注意需要打亮與作出陰影的區域在哪裡，例如嘴角與下巴輪廓的凹陷區域。眉毛要畫出模糊柔和的感覺，先用2H鉛筆畫出眼睫毛，再用擦筆製造出模糊感，然後再漸漸把眼睫毛的尾端畫細。利用打亮與陰影效果讓鼻子變的立體，並且清楚地勾勒出鼻尖與鼻孔周圍的線條。

小心地使用擦筆讓嘴巴與鼻子變得光滑，以打造出形狀與立體感。

用4B鉛筆塗滿頭髮，
讓畫紙留白製造出打
亮的效果。

用擦筆調和臉部的
明亮處。

使用HB或2B鉛筆
在頭飾上畫出細節
與明暗的地方。

小心描繪嘴巴的明暗度以
呈現出嘴唇的形狀。

5. 加入裝飾細節於 頭髮以及道具

　　利用4B鉛筆與線條畫出深
色頭髮（請參閱第70-73頁的
頭髮繪畫技巧）。如果想讓觀
眾直接把焦點放在人物的眼睛
上，可以運用髮型與髮色在圖
畫中所產生的強烈對比，讓大
家把目光放在眼睛上。由於皮
膚上的亮光處可以打造出立體
感與臉部形狀，所以臉部某些
位置要再畫得更亮一點，例如
眼睛下方與眼瞼周圍。柔和並
擦拭嘴唇周圍的線條，直到嘴
唇變的更豐厚為止。最後運用
2B鉛筆完成修飾，包括在眼
睛、瞳孔與眼睫毛畫上更深的
一點的線條。

描繪眼睛與嘴巴

　　因為我想要在作品裡呈現出一種夢幻的氛圍，所以最重要的一面就是要注意臉部的描繪。畫出優雅且純真的眼睛與嘴巴非常重要，對稱的臉龐較適合精靈人物，不過下巴輪廓與眉毛可以畫得柔和一點。如果有需要，我喜歡讓線條的清晰度變得模糊以達到柔和的效果。

　　當描繪精靈或者森林精靈少女時，要輕柔精巧的使用5H鉛筆與混合法畫出年輕活潑的感覺。些微的陰影可以有效地建構出形狀與完整輪廓，之後再描繪需要強調的地方來突顯輪廓，或者使輪廓變的立體。鉛筆素描的過程就好像是在溫柔地建構眼睛與嘴巴的輪廓外形，重點是要將眼睛與嘴巴周圍的陰影處畫出美感。左圖與隔壁頁的圖片將會呈現眼睛與嘴巴的描繪步驟。

The Eyes 眼睛

1. 畫出粗略的草圖

　　一開始先用2H鉛筆畫出粗略的草圖，畫出的線條可以刻意使其模糊，直到心中滿意的眼睛形狀出現為止，然後再用5H鉛筆畫一次，沿著眼瞼的形狀方向與眼睛周圍區域柔和地加入曲線線條。一開始，輕輕地描繪出眼睫毛與瞳孔的細節，如果希望瞳孔可以打亮，只要將想打亮的那一小部分畫紙留白就可以了。在此步驟裡讀者會在圖畫裡看到很多線條形狀。

2. 開始漸層色調

　　使用擦筆（請參閱第11頁）柔和鉛筆畫的線條，讓眼睛周圍的形狀變得立體－凹陷與突起的地方，接著在眼窩周圍畫上更多的線影（請參閱第16頁）來加強眼睛位在臉上的位置，然後再一次用擦筆柔和眼睛的形狀。

3. 加入陰影與亮光

　　用HB鉛筆在眼睛下面或周圍畫上陰影，再用擦筆把陰影處變得模糊平滑，接著用2B鉛筆描繪眉毛、長眼睫毛與瞳孔。如果一開始作畫時，沒有將瞳孔裡的一小部分畫紙留白，那現在可以利用橡皮擦擦拭製造出打亮的效果。

The Mouth 嘴巴

1

1. 畫出粗略的草圖

一開始先用2H鉛筆鬆散地畫出嘴巴形狀，再用5H鉛筆勾勒出更清楚的嘴巴形狀以及嘴巴在臉上的位置。沿著嘴唇的形狀與曲線用5H鉛筆畫上線影（請參閱第16頁），輕輕地描繪下嘴唇，並且保留亮光處。

2. 開始漸層色調

使用擦筆（請參閱第11頁）或者棉花棒讓嘴唇周圍的輪廓變得平滑。用5H鉛筆畫出嘴唇外緣的輪廓，然後在鼻子下方與下嘴唇加上陰影－要非常小心處理這部分的步驟，上嘴唇的陰影要比下嘴唇來得多。

2

3. 加入陰影與亮光

用HB鉛筆畫出最暗的陰影區域，也就是上下嘴唇碰觸的地方和嘴巴邊緣的位置。最後，下嘴唇以及鼻子下方凹陷處是最亮的亮光處，就用橡皮擦擦拭做出打亮的效果。

3

靈感來自於…

愛德華・伯納－瓊斯為他的謬斯女神之一Maria Zambaco而畫的肖像圖充滿飄渺美感，這些肖像圖裡都有性感迷人的眼睛與嘴巴。其他類似的藝術家有費迪南諾夫以及西蒙索羅門，他們運用鉛筆、粉彩與粉筆創作出令人難忘且夢幻的女性人物作品。

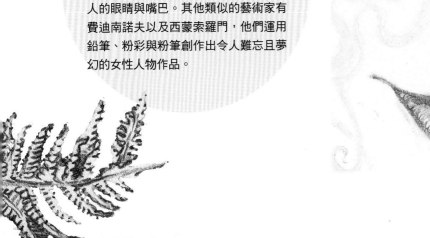

描繪頭髮

　　對我來說，頭髮的描繪技巧就是要有優雅的線條，而且髮絲的擺動一定要自然協調。我通常用5H鉛筆畫出垂落感、立體感及亮光等等，如果我想畫出厚重的髮色，我會用顏色深一點的鉛筆像是4B鉛筆來描繪，就像67頁上的示範圖。我喜歡挑選有拉斐爾前派頭髮的模特兒－髮量越多越好，此外我還喜愛火紅色的波浪頭髮飄垂在模特兒身上，營造出新藝術風格的「生動秀髮」。我發現比起短髮造型，市場上比較喜歡有大量蓬鬆狂野的長髮造型圖像，因此我作品的重點會放在流暢的線條，讀者可以研究這幾頁的示範圖像，然後學習如何把這個特質放在作品裡。

Hair Shapes 頭髮形狀

　　這兩幅圖像呈現出「生動秀髮」的模樣，是運用流暢的曲線線條畫出這些美麗的長髮。

　　運用更多線條畫出一片濃密秀髮，尾端有捲髮向外延伸，同時頭髮仍保有狂野飄動的感覺。

生動秀髮

圖畫裡頭髮所呈現的細緻韻律感，能突顯出臉龐的娟秀氣質，而自由擺動的髮絲也營造出了美感。

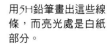

用5H鉛筆畫出這些線條，而亮光處是白紙部分。

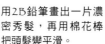

用2B鉛筆畫出一片濃密秀髮，再用棉花棒把頭髮變平滑。

狂野長髮

這張圖跟右上方的圖片有著類似的美感特質，狂野的頭髮呈現出一種生命力。

The Hair 頭髮

作品裡所呈現的頭髮可以跟人物所處的環境做出藝術性的連結，在精靈仙境裡，可以隨心所欲畫出任何天馬行空的頭髮形狀。在《新月》（請參閱第96頁）作品裡，精靈的頭髮演變成細枝與樹枝，而《美人魚》（請參閱第61頁）裡，原本頭髮所流動的鞭繩曲線線條，漸漸變成水以及海草環繞住美人魚自己。

用HB鉛筆塗滿空隙，並同時變化色調。

用2H鉛筆畫出頭髮的基本線條。

1. 畫出基本的圖像

　　用2H鉛筆畫出決定好的圖像，並用線條符號描繪頭髮的主要形狀出來。運用不同粗細的線條畫出波浪秀髮，如果所有線條的粗細都一樣，那圖像看起來會不立體。加入粗略的線影（請參閱第16頁）描畫臉部特徵與服裝。

2. 簡化主要特色

　　畫出每一縷頭髮是不切實際也完全不可能會發生的事，所以在此步驟要簡化頭髮的主要特色。用HB和5H鉛筆開始構思每一縷頭髮的形狀，由於頭髮包含許多各種不同的色調，所以在鉛筆素描時必須牢記這一點，此外也要記得頭髮會因不同的周邊環境以及光源而有所變化。用5H鉛筆加入較精細的亮光點，而HB鉛筆是用來描繪顏色較暗的區域，運用不同的筆壓畫出頭髮的形狀與光澤。

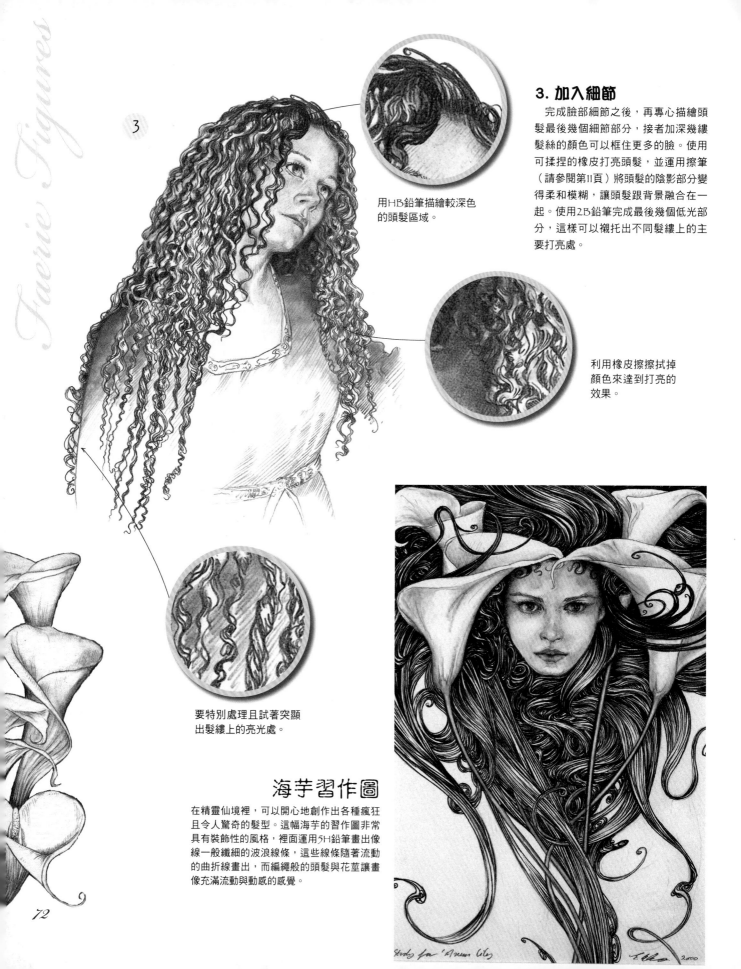

3

用HB鉛筆描繪較深色
的頭髮區域。

3. 加入細節

　　完成臉部細節之後，再專心描繪頭髮最後幾個細節部分，接者加深幾縷髮絲的顏色可以框住更多的臉。使用可揉捏的橡皮打亮頭髮，並運用擦筆（請參閱第11頁）將頭髮的陰影部分變得柔和模糊，讓頭髮跟背景融合在一起。使用2B鉛筆完成最後幾個低光部分，這樣可以襯托出不同髮縷上的主要打亮處。

利用橡皮擦擦拭掉
顏色來達到打亮的
效果。

要特別處理且試著突顯
出髮縷上的亮光處。

海芋習作圖

　　在精靈仙境裡，可以開心地創作出各種瘋狂且令人驚奇的髮型。這幅海芋的習作圖非常具有裝飾性的風格，裡面運用5H鉛筆畫出像線一般纖細的波浪線條，這些線條隨著流動的曲折線畫出，而編繩般的頭髮與花莖讓畫像充滿流動與動感的感覺。

培養技巧

用色鉛筆在人物的頭髮畫上各種不同色調，這樣可以增加頭髮的立體感與逼真度。

1. 在使用色鉛筆前，先畫出有合理構造的草圖出來，並確保所有主要的線條都有在正確的位置上，此外還要檢查構圖與比例是否正確。

2. 運用各種不同顏色的色鉛筆，深褐色、焦赭色及土黃色來打造出頭髮的立體感與色調。

3. 用白色色鉛筆來打亮頭髮創造出美麗的光澤。

夜晚的習作圖

這張習作圖的來源是潔西卡穿著精靈服裝躺在工作室地板上的樣子，整張圖以色鉛筆畫出簡單的線條與線影。我用新藝術風格的畫風呈現頭髮與服裝，而圖像裡的翅膀是用金剛鸚鵡的羽毛做成的。

描繪手部

手部也許是最難畫得逼真的部位了,而且有時模特兒也會很難適應「優雅」的手勢,有好幾次我指導模特兒擺手勢,一開始擺出來的樣子都很棒,但是最後呈現的結果都很糟,因為模特兒一旦放鬆手部肌肉,雙手看起來就像一串香蕉一樣!

我有幾本1950年代的圖像書,照片裡的模特兒擺了很多古典的姿勢,而這些珍貴的資料可以拿來指導模特兒的姿勢。我發現如果我讓模特兒有一點自由空間,讓她放鬆不要那麼「僵硬」地擺姿勢時,手部反而會擺出自然且好看的手勢出來,另外讀者也要了解手部的姿勢與位置可以用來強調出心情情緒。

從人體的觀點來看,在畫畫時要注意手部的比例與前縮法的規則(請參閱第58頁),還有手指與指關節骨頭之間的關係。在某些情況下,我會畫出拉長的手指來強調出優雅的感覺、輕盈的觸感或者是情緒的表達。

這樣的畫法可以畫出長且細緻的手指以及產生輕盈感的效果,而避免讓手指看起來像「海星」的形狀一樣。

Hand Gestures 手勢

要把手部畫好可說是件非常困難的事,因此要描繪出優美且維妙維肖的手勢並不容易。在描繪手部的特色與韻律感時,我會特別處理手勢這個部分,要記得用流動的線條畫出手部,不要讓雙手看起來很僵硬或者笨拙的感覺。

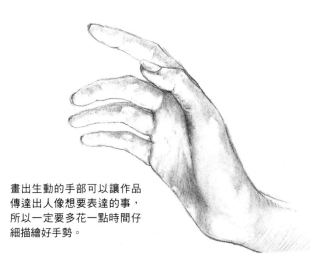

畫出生動的手部可以讓作品傳達出人像想要表達的事,所以一定要多花一點時間仔細描繪好手勢。

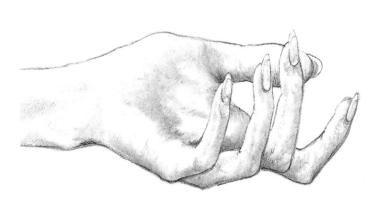

手勢可以讓人像充滿一種特殊的情緒。

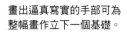

畫出逼真寫實的手部可為整幅畫作立下一個基礎。

The Hands 手部

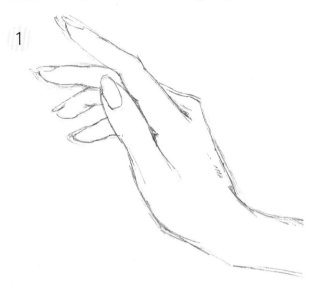

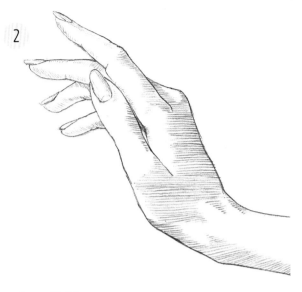

1. 畫出粗略的輪廓

一開始先用2H鉛筆勾勒出手部的輪廓,畫出大略的形狀,接著用明確的線條加強手部的立體感。試著以3D立體的角度來作畫,這樣一來便可以畫出手的重量感與厚度。

2. 加入色調

用2H鉛筆與線條畫出色調較深的區域,必要時可以擦掉原本的草圖。現在手部簡化成正空間(白色)與負空間(暗色),重新畫出亮光處與陰影處,塑造出手部的形狀與實體感。開始描繪指甲的細節,例如表皮部分。

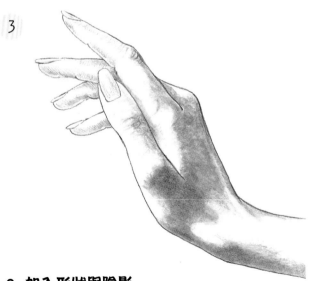

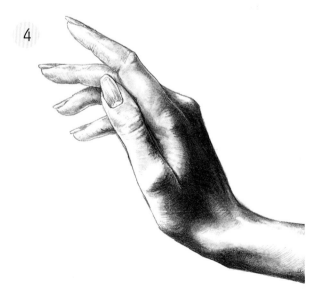

3. 加入形狀與陰影

現在用擦筆(請參閱第11頁)柔和線條形狀與陰影區域。半色調與淺色調呈現出大部分的手與手指。

4. 加入細節

運用2B鉛筆畫上深色調。小心的使用擦筆(請參閱第11頁)讓手指的形狀與清晰度變得更明顯。在此階段圖像已接近完成,現在只要在需要打亮的指甲上輕輕打亮就好。

所有東西都在細節裡

我極力地想在作品裡運用柔和的淡色鉛筆，或者是在圖畫細節部分結合鉛筆線條與圖案來傳達出情感，營造出夢幻且虛靈的感覺。我作品裡所呈現的這些細節似乎也是大眾欣賞喜歡的部分，此外作品裡各種裝飾元素也增加了畫像的立體感與豐富感。在鉛筆素描時，我可以畫出非常多的精細細節以及所參考的視覺資料，也許這就是為什麼我覺得描繪鉛筆作品很值回票價。

對我來說，創作藝術是一個整套的流程－找到自然的模特兒一起合作、構思想法，以及細節的運用如布料的裝飾、珠寶、羽毛還有其他夢幻的異國飾品。現在來談談準備素描畫或者水彩畫前的流程。我在尋找有趣的景色時，同時也會注意景色裡的細節地方，通常在偏僻鮮為人知的地方可以拍到最有趣的主題。菌類植物、青苔、苔蘚、蕨類植物與花朵在圖畫創作的過程裡都佔有一席之地，可以把圖畫裡每個物品都連結在一起。這個章節將說明如何在圖像裡創造出迷人的細節。

夏之島上的射手

這張鉛筆作品是以艾比為模特兒，她扮演的是荒野山丘上的女獵人。這件1920年代的洋裝是在蒂克斯伯里中世紀園遊會裡的折價區找到的，而弓是原產於匈牙利，另外圖片的背景與扇尾鳥完全都是想像出來的創作。

描繪布料

　　用來裝扮精靈的服裝能帶給精靈仙境生命。想要描繪出寫實的衣服細節與逼真的布料，就必須要能夠利用視覺畫出不同的紡織品，並添加裝飾元素在上面。如果讀者所受的藝術啟發是來自於美術工藝運動或者是新藝術派，那你手上已經有很多圖像可以用來創作出很棒的衣服與配件。華麗的花樣圖案、雅緻的凱爾特風格或者是肖像紋章圖案，都可以拿來畫在衣服的細節處。

　　在接下的幾頁裡將會有素描圖以及一些建議，說明如何用複雜的鉛筆線條描繪出不同種類的布料，例如蕾絲、絲絨、緞及錦緞。練習畫這些細節地方，然後把它們融合描繪在人物圖像上面，可以為作品增加一些夢幻神話般的感覺。

Lace 蕾絲

　　蕾絲是一種細緻的裝飾性布料，由對稱的圖案花紋所編織而成，特別適合用來裝扮精靈人物。蕾絲上所針繡的圖案花樣區域會比較厚，而其他區域則可以在布料下看到皮膚。

布料質地

畫出有精美細節的衣服與配件很花時間，但努力是值得的。精準描繪出不同布料與質地的衣服與配件，可以讓作品增加一點立體感與趣味感。

1. 畫出裝飾圖案

　　用5H鉛筆輕輕的勾勒出裝飾圖案（這裡只有呈現一部分的圖畫），然後用流暢的線條隨著身體的曲線畫出。在主要的蕾絲區域畫上精細的線條。

靈感來自於…

　　可以去參觀位在倫敦的維多莉亞與亞伯特博物館，裡面有收藏很多服裝、紡織品、戲服以及珠寶。這個國家博物館有收藏超過兩千年歷史的物品，包括英國中世紀的教會刺繡、壁毯、蕾絲及絲綢。可以注意不同布料垂落下來時的線條，然後簡單的畫下細節部分，這些資料在將來都能運用在作品裡。

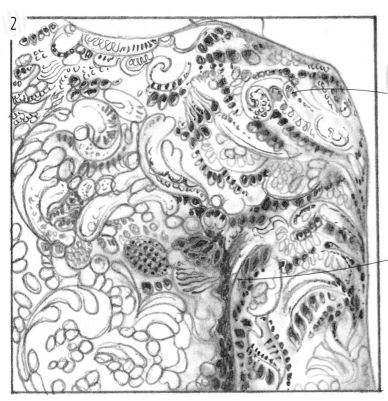

用HB鉛筆描繪挑選
出來的細節處。

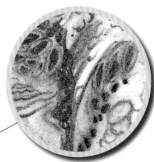

用擦筆塗抹陰影處,
使之變得光滑。

2. 加入陰影與輪廓

　　用2H以及HB鉛筆把身體上的布料顏色畫深,描繪
出陰影與輪廓,這樣的做法能讓蕾絲花樣變得比較明
顯,同時也能勾勒出衣服下的身體形狀。

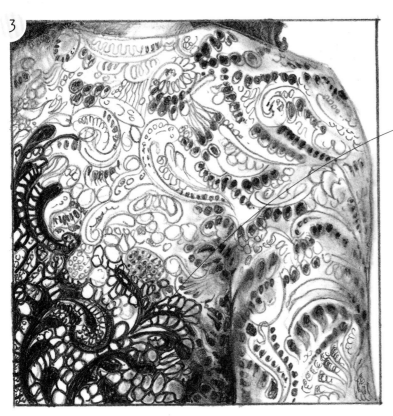

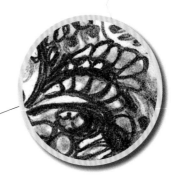

在蕾絲花樣上挑選更細
節的地方,然後再用2B
鉛筆描繪。

3. 加強輪廓與形狀

　　使用擦筆(請參閱第11頁)加強手臂的形狀與輪
廓。蕾絲上的小洞與形狀的顏色要再加深一點。利用
2B鉛筆描繪黑色蕾絲的部分,可以增加反差與效果。

絲絨

絲絨是一種毛絨絨、軟綿綿的纖維，其材質來自於蠶絲、綿花或是人造絲，因為絲絨的質料基本上比較沉甸，所以會緊貼身體線條。

絲絨長服

夏洛特女子穿著厚重絲絨長服，而當光線打落在深層的絲絨布料上時，會產生深且豐富的皺摺線條。

靈感來自於⋯

我從阿爾馮斯慕夏的作品中得到很多的靈感，尤其是他描繪布料的技巧。試著從1890年代的書籍中尋找阿爾馮斯慕夏的圖像作品，然後看看布料與織物如何在他的作品裡扮演著重要角色，此外也可以參考艾德華・柏恩－瓊斯的作品，他通常會讓模特兒穿著濕的服裝，藉以製造出很特別的布料摺痕。

1

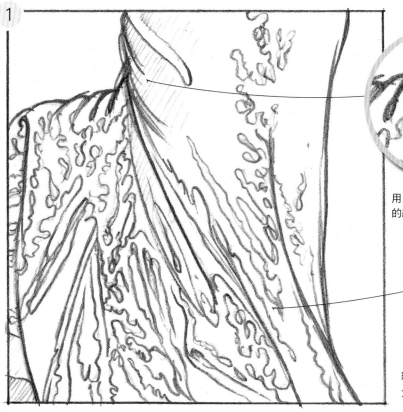

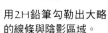

用2H鉛筆勾勒出大略的線條與陰影區域。

描繪強光部分的粗略形狀。

1. 描繪戲服

絲絨具有獨特的質感與光澤。用2H鉛筆輕輕的描繪出戲服（這裡只有呈現一部分的圖像）。在此階段大略地畫出需要打亮的地方。

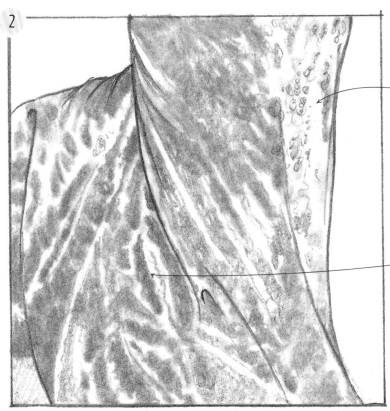

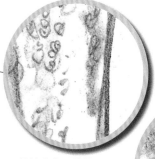

用HB鉛筆畫出一些漩渦圖案，為深色區域增添一些趣味性。

小心的用擦筆柔和顏色來「塑造」布料的形狀。

2. 深顏色的區域

　　用線影法（請參閱第16頁）與HB鉛筆畫出絲絨的深色區域。必要時可以擦拭掉原本的草圖線條。現在使用擦筆（請參閱第11頁）塗抹大部分的戲服，可以讓布料表面變得光滑模糊，接著將打亮區域的畫紙留白來呈現絲絨特有的光澤感。

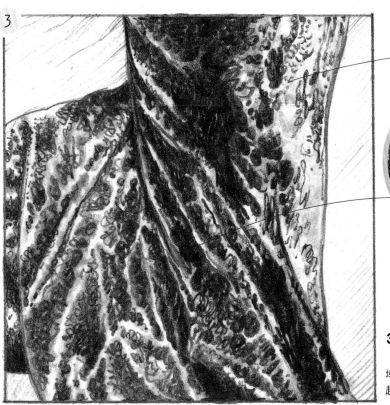

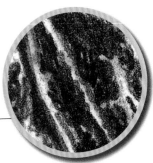

可以看見光亮區域集中在光線所照射到的絲絨布料。

用6B鉛筆畫出布料上顏色與摺痕較深的區域。

3. 進一步調和與畫深顏色

　　使用2B鉛筆畫深衣服摺痕，然後漸漸將2B所畫出的區域與白色亮光處調和在一起。用2B鉛筆描繪出擠壓在一起的漩渦圖案（請參閱第18頁），創造出絲絨般的質感。

Satin 緞

　緞是一種柔軟且有光澤的布料,有著光滑的表面以及無光澤的內裡,此外緞具有滑順的質感會服貼於身體曲線。只要運用線條符號、線影法及混合法,便能呈現出緞的布料特質。

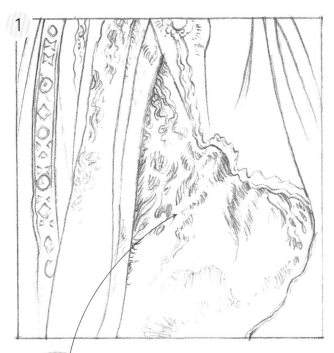

2. 加強線條

　繼續用5H鉛筆來加強線條,然後隨意地用波浪線條或者線影(請參閱第16頁)來描繪出形狀,記得看清楚布料摺痕與皺摺地方的光亮處與陰影處。

繼續用線影與漩渦圖案來描繪細節,

1. 描繪圖案花紋

　像緞這種有光滑質感的布料,比霧面布料多出非常多的斷裂面與反射光。先用5H鉛筆畫出光亮處,然後再大略地畫出布料形狀。

用5H鉛筆描繪線影出來。

混合筆痕來創造出平滑有光澤的質感。

3. 柔化線影

　現在需要柔化線影,也就是利用混合線影讓它變得平滑,然後製造出布料的皺摺效果。明亮處則維持空白來加強緞的光澤感。

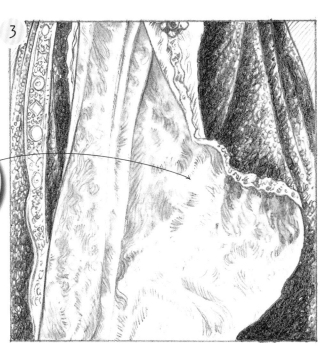

Brocade 錦緞

錦緞這種布料具有華麗的裝飾，是由色彩鮮豔的織線所做成的，通常都會有金色或銀色的線鑲織在錦緞上面。由於錦緞有壓花且厚重，所以布料的皺摺會呈現硬挺的狀態。

先用5H鉛筆描繪出複雜的圖案花紋。

2. 描繪布料內裡

運用鉛筆線條與漩渦圖案（請參閱第15與18頁）勾勒出錦緞的細節處。用6B鉛筆畫出深色且華麗的布料內裡，並注意布料皺摺處的韻律感來描繪出布料的特質。

用6B鉛筆塗滿細節。

1. 描繪圖案花紋

用5H鉛筆畫出圖案花紋，輕輕地將裝飾元素描繪於錦緞上。用5H鉛筆與線影法描繪出絲綢（請參閱第16頁）。

最後用6B鉛筆加強圖案花紋的輪廓線條。

3. 打亮皺摺與垂落的線條

混和線影與漩渦圖案（請參閱第16與18頁），並用擦筆（請參閱第11頁）打亮織物的皺摺與垂落的線條，接著用6B鉛筆進一步繪出錦緞的厚重感與華麗感。

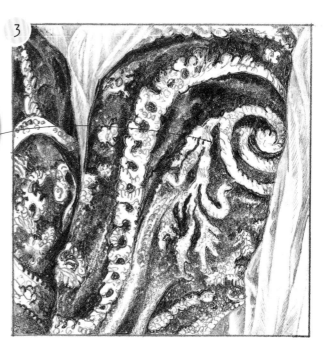

描繪羽毛

精靈以及其他奇幻人像會運用迷人、奇異或甚至古怪的細節來增添自己的特色。不同類型的羽毛可以當作合適的裝飾品，此外如果把羽毛拿來跟裝飾頭飾與珠寶搭配時會變更棒。過去幾年來我收藏很多精挑細選出來的羽毛，包括有雉雞、孔雀、金剛鸚鵡及鴕鳥的羽毛，還有椋鳥的翅膀。

這對椋鳥的翅膀來自於農業展覽會，而這翅膀可以在構思翅膀形狀構造以及羽毛位置時提供許多想法。孔雀羽毛本身就是個藝術作品，過去幾年來我已經在很多作品裡運用到孔

雀羽毛，而金剛鸚鵡的耀眼藍色羽毛可以完美襯托出紅頭髮模特兒（請參閱第28頁）。現在我正在考慮買一組天鵝翅膀，這用在我的精靈藝術裡一定會創造出很棒的效果。

我的參考資料庫裡也有一個資料夾是關於鳥類與羽毛，裡面有天鵝、鸚鵡、渡鴉及禿鷹的翅膀照片，另外書籍、雜誌剪報的參考資料，還有專業雜誌如《Parrot Monthly》與《Big Parrots》都是很棒的照片參考來源。

描繪羽毛

要描繪出圖像裡的羽毛，可以用5H鉛筆畫出一連串稠密且流暢的線條，呈現出羽毛的平行羽支。用HB鉛筆再描繪一次羽支，並且畫出每根羽毛的彎曲線條。這個作畫過程會枯燥乏味一點，但最後呈現的效果會是值得的。

在羽毛與皮膚相接的地方，用深色的色調來增加兩者的反差。

運用精細的平行線條來打造每根羽毛的形狀。

變化每個筆畫的力道，可以讓光亮處創造出寫實的光澤感。

北歐女神：華爾奇麗亞的習作圖

這幅作品裡所使用的道具結合了許多不同的元素。絲絨的無邊便帽有扣環（這個無邊便帽是委託一位手工藝作家所訂製的）可以掛上其它道具，在這個例子裡，我使用一組由各種染色羽毛所組成的翅膀，並將精選的捷克斯拉夫風格骨董首飾懸掛在帽子上，便完成了心中所渴望的造型樣子。

描繪軍隊細節

如果讀者的藝術靈感是神話、傳說及歷史故事，那就必須要能夠描繪出寫實的騎士與其他士兵，由於這些人物通常都配戴各種不同的裝備，包括有盔甲、盾牌、刀劍及其他武器，所以用鉛筆描繪出寫實的金屬與皮革是件很重要的事。

可以在戰役的歷史重演活動裡找到很多盔甲的參考資料，而書籍則可以拿來當作備用。可以回頭參考汲取靈感（請參閱第30-35頁）與精靈的道具檔案（請參閱第36-53頁）這兩個章節，然後研究資料來源與額外的參考資料。在接下來幾頁可以嘗試跟著範例解說來學習描繪盔甲以及皮革。

盔甲的術語表

為了幫助讀者辨認盔甲的元素，這裡有製作一個迷你版的盔甲術語表：

護馬鎧甲－用在馬身上的防禦護具
頭　　巾－戴在頭盔下面的鎖甲頭巾
頭　　盔－用來保護頭部的盔甲；隔壁頁圖像裡的頭盔還有結合保護耳朵的護具
護　　鼻－頭盔前面有一條金屬用來保護鼻子；隔壁頁圖像裡的盔甲並沒有用到護鼻
鎧甲護臂－用來保護上臂外側的手臂護具
前臂鎧甲－手腕到手肘位置的前臂盔甲

騎馬武士

不同時期與不同軍隊的頭盔、鏈甲及其他盔甲設計的差異都非常大，不過讀者可以在作品裡結合或改變盔甲的造型，畢竟沒有理由說不可以這樣做。不畫出頭盔上的護鼻，能讓騎士的臉看起來比較清楚，這樣一來他的表情也就能增加這幅圖像的故事性。

描繪生鏽且有凹痕的金屬，可將HB鉛筆用力塗刷畫紙，或者用石墨粉混合阿拉伯膠，雖然這個方法用起來會很髒亂。

盔甲上顏色較暗的區域可用2B鉛筆來描繪出陰影，而盔甲上有些區域有將畫紙留白，可以製造出鏡面般的光澤感。

皮革具有延展性與彈性，而且皮革上面通常會有裂痕，所以我利用短的同方向筆畫來描繪皮革，然後再用擦筆將皮革上面的線條變得模糊。

鎖甲畫起來非常困難，因為必須要把連結在一起的鏈環畫得逼真，才能呈現出厚重防護衣的感覺。這幅圖書的格局可以讓我描繪出鎖甲上每個鏈環連結相扣的樣子，不過這種鎖甲圖像只有在某程度大小的圖書裡才能描繪得出來，因此在描繪比較小格局的作品時，只要運用一連串C形狀的線條通常就足夠可以畫出鎖甲的樣子了。

魯夫王子

魯夫王子（這張是《魯夫的妻子》作品裡的局部圖像，請參閱第100-101頁的全圖）這作品的參考照片是在英國蒂克斯伯里中世紀園遊會上所拍攝的。王子所身穿的盔甲並不是特定某歷史時期的設計，而是混搭的設計造型，這會讓我覺得這個盔甲造型是來自於另外一個世界的時期。這個盔甲似乎比較像會出現在《馬比諾吉昂》這個中世紀威爾斯手稿的散文故事集裡，裡面內容包含基督教前塞爾提克神話、中世紀早期的歷史傳統及各國的民間傳說。除了金屬盔甲，王子也有穿布料做的短袍與其他皮革製品，包括鞋子以及放刀劍與短劍的劍鞘。

Armour 盔甲

盔甲如果有保養良好，應該是會乾淨有光澤的，而描繪出正確的亮光處很重要，因為可以呈現出盔甲的光澤感。由於製成盔甲的金屬板會反射，所以要記得盔甲會反射那些出現在它周圍的東西。

先勾勒出盔甲的輪廓。

1. 描繪粗略的設計

參考照片資料，使用2H鉛筆勾勒出非常粗略的盔甲結構。等盔甲的比例看起來正確之後，再繼續用2H鉛筆加強盔甲的線條。

用線影製造出陰影與形狀。

2. 增加硬度與光澤感

用一連串的線影（請參閱第16頁）打造出盔甲的硬度感與光澤感，必要時可沿著盔甲的輪廓來描繪，可將打光處的畫紙區域留白。現在用HB鉛筆運用不同的筆壓力道來描繪線條，此外也可用HB鉛筆描繪盔甲邊緣的稜紋以及陰影處來呈現凸起的亮光處。因為盔甲的稜紋是朝身體的方向彎曲，所以稜紋的陰影顏色要深一點。

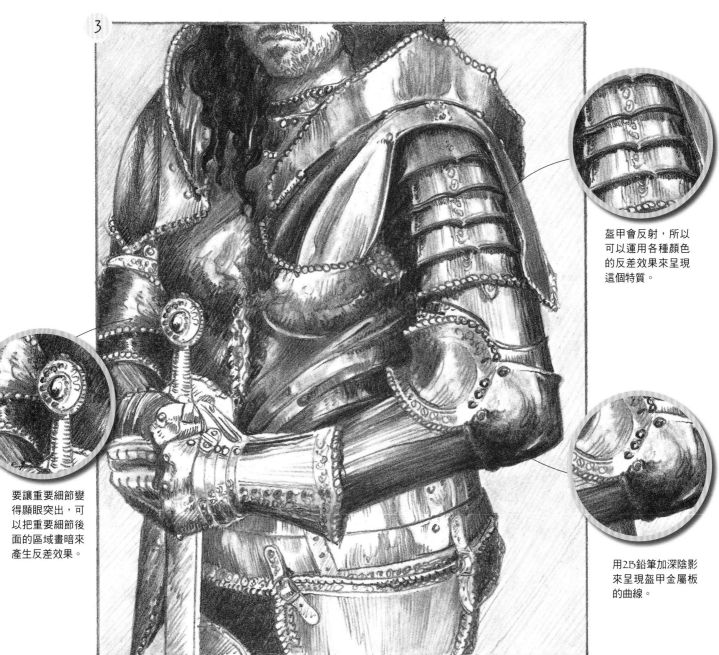

3

盔甲會反射，所以可以運用各種顏色的反差效果來呈現這個特質。

要讓重要細節變得顯眼突出，可以把重要細節後面的區域畫暗來產生反差效果。

用2B鉛筆加深陰影來呈現盔甲金屬板的曲線。

3. 加強陰影與強光部分

運用擦筆（請參閱第11頁）調和盔甲的中間色調，要確保用來呈現盔甲光澤感的強光部分是白色畫紙。先用HB鉛筆慢慢畫出顏色較深的色調，然後再換2B鉛筆來畫。用擦筆把陰影處混和到強光區域，並畫出鉚釘與飾釘來裝飾盔甲，要記得這些裝飾物品是突起在盔甲的表面上，所以必須要呈現出它們的光亮處與凹陷處的陰影。

Leather 皮革

在繪畫皮革這種材質時，要考慮到因為皮革可彎曲，所以表皮上通常都會有裂紋或者其他瑕疵，因此在描繪皮革時所有各種繪畫技法都必需要施展出來。我用各種鉛筆在鞋子、劍鞘等地方畫出短的筆觸，然後我喜歡用擦筆（請參閱第11頁）讓這些物品表面上的線條變模糊。讀者可以在自己作品裡，選擇正確的鉛筆來描繪出不同的皮革表面。

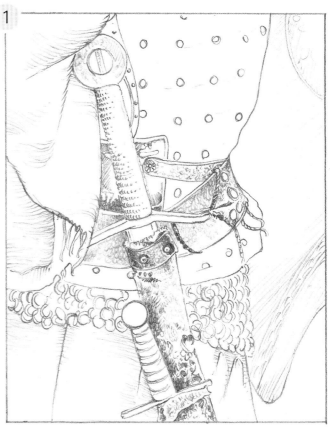

1. 描繪粗略的設計

描繪皮革時必須畫出不同種類皮革的柔軟度，因此一開始先用2H鉛筆畫出基本的雛形，接著仍然用2H鉛筆、漩渦與小點圖案來加強鏈甲形狀、腰帶與劍鞘上的皮革形狀。

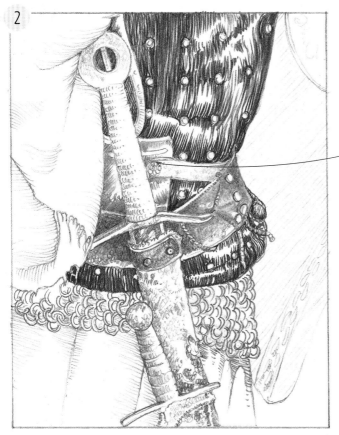

淺色的5H鉛筆可以理想地畫出皮革柔軟的感覺。

2. 增加柔軟度與光澤感

用擦筆（請參閱第11頁）柔和腰帶與劍鞘上的鉛筆筆痕，這樣的效果可以呈現出皮革的光澤與柔軟的感覺，接著用HB鉛筆加深陰影區的顏色。現在來描繪無袖皮上衣（無袖有墊襯的短袍），用2B鉛筆畫出線影製造出墊襯的效果，並將亮光區域的畫紙留白。

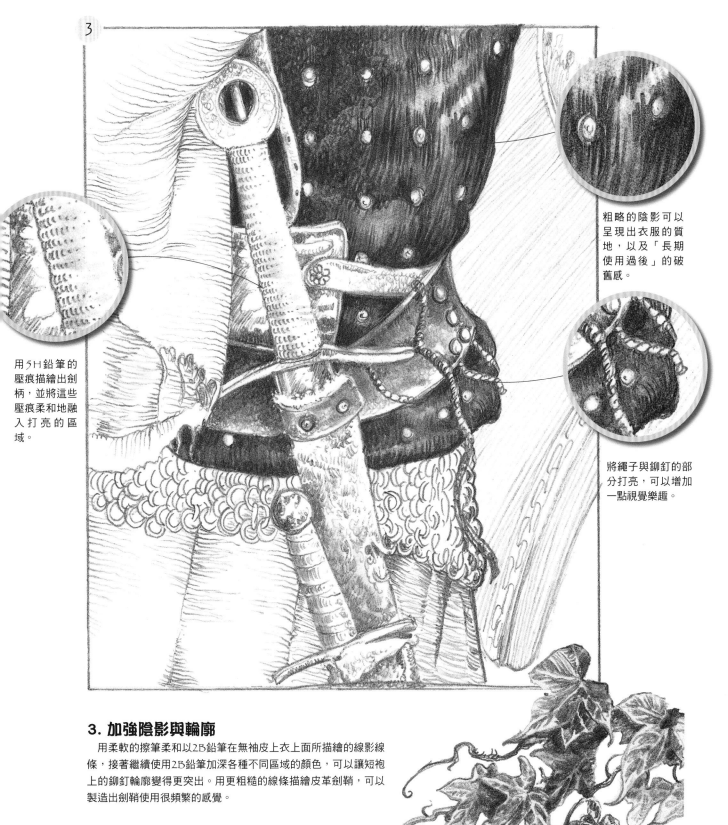

3

用5H鉛筆的
壓痕描繪出劍
柄,並將這些
壓痕柔和地融
入打亮的區
域。

粗略的陰影可以
呈現出衣服的質
地,以及「長期
使用過後」的破
舊感。

將繩子與鉚釘的部
分打亮,可以增加
一點視覺樂趣。

3. 加強陰影與輪廓

　　用柔軟的擦筆柔和以2B鉛筆在無袖皮上衣上面所描繪的線影線
條,接著繼續使用2B鉛筆加深各種不同區域的顏色,可以讓短袍
上的鉚釘輪廓變得更突出。用更粗糙的線條描繪皮革劍鞘,可以
製造出劍鞘使用很頻繁的感覺。

美麗背景

背景可以提升作品裡的迷人氣氛，所以背景很重要。我作品裡有些很有張力的背景或者場景的靈感來源是古老神話以及傳說。亞瑟王傳奇的故事是一個很棒的虛幻故事來源，故事裡面有很多象徵性的東西可以結合到圖畫裡，而這種傳說故事可以讓我在作品裡運用到鄉間，還有特別的樹林林地等場景。其他我常用來當作背景的元素有包括水、月亮、夜空以及中世紀建築。這個章節將介紹一些可以讓作品創作出迷人背景的技巧。

女巫摩根之谷

我在1992年還在當平面設計師時，便開始創作這幅鉛筆作品，此作品的背景源自於北威爾斯康威瀑布上方一個非常難進去的地方，我在那邊拍照時還差點滑倒掉進河裡。這裡有三隻馬藏身在圖畫裡，代表著命運在等著摩根的不忠實愛人－愛古依歐瑪。

樹林與水

Woodland 樹林

藝術家在探索精靈仙境時會發現從聖經的知識樹、北歐神話的世界樹到托爾金創作小說裡的幽暗密林、法貢森林以及羅斯洛立安森林，樹木在很多神話、傳說與虛構故事裡都扮演著重要的角色。

從孩童時期遊蕩的田野與樹林，到現在為圖畫作品而尋找的森林地點，樹林肯定是在我的生命與作品裡扮演著非常重要的角色。從巨大的橡樹群到深林地表上的岩屑，樹林是我許多作品裡的靈性與神秘中心點。英國的德文郡和湖區孕育了一些很令人驚嘆且振奮人心的地方，在德文，輕快地散步到達特摩爾高原上的智者森林，這片森林是個人煙稀少且神秘的地方，到處都是形狀扭曲、佈滿青苔的橡樹（請參閱下方的照片）。

對有些人而言，這片森林林地是個禁地且對它心生恐懼，因為龍跟妖精都居住在這裡，而其他人則覺得這片森林是個可以療癒身心且充滿神秘與靈性的地方，所以應該要被保護且愛護的。

智者森林

珍貴古老的樹林，石頭裂縫裡扎根，隨風搖曳的年邁樹幹，可見多少風霜歲月已走過；仍然新生的樹葉漂亮迷人，萌芽的生苔樹枝點綴著樹林，達特摩爾山谷共享著這片荒野林地。(Sophie Dixon, 1829)

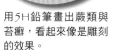

用5H鉛筆畫出蕨類與苔癬，看起來像是雕刻的效果。

達特摩爾的參考照片

坐在達特摩爾高原上的智者森林裡，四周環繞著古老橡樹，讓我想起了一個不具名的語錄：「大自然的教堂總是綠意盎然，但仍保有永恆的古老。不朽的重生。」

運用擦筆柔和背景裡的樹木。

Water 水

　任何形式種類的水都很重要、且充滿生命力並令人著迷,此外水裡面居住著許多真實與虛幻出來的迷人生物。水精靈的誘惑、女海妖塞壬的歌聲、美人魚的美艷-這些故事都牽引著我們展開一段神祕的旅程。民間傳說有告誡不可以小看住在湖裡或溪流裡的妖精們,因為這些水裡生物會注意凡人,把他們抓來當成愛人或者獵物。我一直都樂衷描繪這些性感迷人且美麗的生物,我也有很多溪流、海草、瀑布、河流、波浪以及海洋的照片是用來當作視覺輔助資料,另外我還有睡蓮、蘆葦、花菖蒲與其他水中植物的照片。

石頭的陰影與明亮起
泡沫的水形成對比。

將畫紙留白呈現出水
的反射性,並且只用
5H鉛筆在上面輕輕畫
上幾筆線條。

森林溪流

我是生長在樹林、神秘的林間空地、
寂靜與斑駁的昏暗光線裡的小孩。

月亮與夜空

　　月亮是陪伴在我們身邊的另一個世界，而且古往今來月亮一直跟許多古老母親以及生育女神有關聯，包括希臘羅馬女神黛安娜、瑟琳娜、黑卡蒂。幾個世紀以來，許多藝術家與作家的靈感是來自於女神與月亮的關係，還有月亮規律的循環變化。在夜空裡月亮是個巨大的象徵，雖然現在月亮上面有了人類的腳印和旗幟，但月亮仍保有著神祕面紗。在夢幻的精靈仙境裡，可以描繪漆黑的夜空襯托著月亮星星，然後創作出吸引目光焦點的圖畫作品，如右圖所示的《新月》鉛筆作品。月亮與星空可以作為美麗的背景，同時也能給予圖畫生命力訴說著童話故事。

　　夜（請參閱隔壁頁的圖畫）閉著雙眼，漂浮在飄渺時空且浸沐於月光裡。用9H鉛筆小心地刻畫出星星，然後用6B鉛筆柔和星星周圍的線條融入深色的黑夜裡。

Crescent Moon

這張圖並沒有特定的參考來源，基本上是在隨意亂畫的情況下而發展來的作品。半遮的臉透露出神秘的氣息，而這幅作品之後成為《月仙子》（請參閱第123頁）的姊妹作。

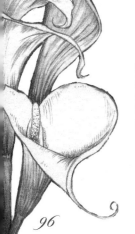

把星星刻畫在畫
紙上,用6B鉛筆
小心地描繪星星
周圍的線條。

拿5H鉛筆小心地用
線影畫出翅膀(請
參閱第84頁的描繪
羽毛章節)。

清秀的臉龐是用
5H鉛筆畫出線影
,然後再搭配擦筆
使用所完成的。

夜

《夜》是一幅具有裝
飾風格與強烈顏色反
差的作品。亮光所營
造出來的細節氛圍,
在烏黑夜空的襯托之
下,創造出顏色對比
的效果。第73頁裡有
這幅作品的習作圖。

黑夜裡的雲朵是運
用HB鉛筆層層堆
疊出柔和的線條。

建築物與建築風格

　　我會到處參加展覽會和園遊會，所以已經累積很多城堡、豪華古宅及歷史建築物的相關圖片或照片，當然之後還有很多機會可以收集到更多的資料。外拍的照片有包括一些教堂建築、裝飾華麗的門口、有趣的枕樑、石像怪獸或者崎嶇不平的石製品。如果在假日時沒去參訪一些城堡或者類似的歷史建築地方，然後拍更多照片，那這樣就沒有過到假日的感覺了。我有收藏關於城堡跟堡壘的書籍，而東歐的旅遊手冊上面也有介紹一些很特別的城堡。所有的照片和圖片都很珍貴，因為這些參考資料通常都會在我的作品裡出現變成背景，例如隔壁頁的《夏洛特淑女》作品即是如此。

建築物特色

可以在世界各地發現外觀很吸引人的建築物，尤其是擁有悠久宗教歷史的國家會更多。中世紀與哥德式風格的建築物通常都很壯觀宏偉，其中城堡與堡壘尤其最為壯觀，而巴洛克風格的建築則極富裝飾性。

夏洛特女子

「鏡子從這端破裂到那端；
詛咒將降臨於我。」
哭喊著，那位夏洛特女子。
（亞弗烈·丁尼生男爵
Alfred, Lord Tennyson, 1883）
圖畫裡的拱窗、裝飾的圓柱以及地板磁磚，都是參考照片之後而描繪出來的，這些照片中有些教堂跟城堡的照片是超過20年前拍的。

創造效果

由於我們每個人在畫像裡所看見的跟看重的東西並不一樣，所以作品有無效果通常是因人而異。我創作圖畫主要是為了自己的樂趣，所以如果有人喜歡我的作品那將會是個額外的收穫肯定。其實用圖畫來設計裝飾房間也是一件非常有趣的事。有時作品的效果單純只是與圖畫的大小跟規模有關。在接下來幾頁，將探討一些主要方法可以讓藝術作品作出宣言。

魯夫的妻子

古依迪恩告訴馬斯，春天來時：「來找我，讓我們為魯夫作一個妻子吧。」所以他們折斷粗大樹枝，上面仍有著潮濕的露水，在幽暗裡，把樹枝變成一只神奇的戒指：他們用紫羅蘭與繡線菊做出她漂亮的臉蛋以及雙腳，他們在翅膀上堆起雛菊，紅雀鳥啼聲變成她的聲音一片罌粟花做成她的櫻唇，他們整整吟唱，二十個小時。魯夫從蔚藍南方哼唱著歌曲前來，帶走小鳥跟花朵變成的妻子離去（法蘭西斯・萊德威奇1887-1917）。這幅大規格的三聯畫是描繪威爾斯神話裡，有關美麗女子—「花兒」（意思是用花朵做出來的）的神奇誕生，而這幅圖畫運用到非常多的鉛筆技法。左圖是一位女侍祭手捧著花朵祭品，中間的圖是妻子花兒，而右手邊的圖是魯夫王子。

格式與主體位置

格式會界定出作品的邊界，且會決定圖畫是屬於開放設計或者是封閉設計。從這裡的圖畫作品可以看出格式如何讓一幅畫作創造出不同的效果，而圖畫整體的形狀以及一開始所創作的草圖能幫助你決定哪一個格式會比較適合。圖畫裡的焦點與重點區域，可依人物或主體的位置擺放不同而有所改變。

圖畫裡的焦點是指能吸引到觀眾最多注意力的區域，而人物通常是我作品裡的焦點。主體或人物在圖畫結構裡所擺放的位置會影響整幅畫作的平衡性與氛圍。在《滿月》（請參閱第111頁）作品裡的主體是放在圖畫的上方位置，而這種擺放方式會讓圖像製造出空間感，而《魯夫的妻子》（請參閱第100-101頁）三聯畫的排列方式是魯夫王子在右邊，女侍祭在左邊，兩人臉面向中間的主體－未來的妻子花兒。

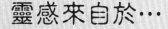
靈感來自於…

我個人的創作靈感是來自於以前所出版的插畫書，插畫通常都被視為二流藝術，但我認為1900年代早期的插畫作品充滿很多有創意的構圖，且現在幾乎沒有藝術家知道如何畫出這些古老的繪畫技巧。

圓形格式

圓形格式可以增加圖畫的氛圍以及動態感。我把《樹林裡的尖塔》放在圓形格式裡，因為我覺得這種格式可以跟直立的毛地黃形成對比，然後讓毛地黃這種有尖塔形狀花朵的植物受到注意。我喜歡的步道之一是位在英國湖區的格拉斯米爾上方，那裡的初夏會有很多紫色的小尖塔花朵發芽在佈滿青苔的牆上。

方形格式

方形格式通常會讓圖畫創造出一種平衡以及穩定的感覺，而且這種格式的作品需要一個很醒目的重點區域。在《魔法師的徒弟》（右圖）裡，我指導凡妮莎所擺出的姿勢，可以讓人像在方形框架裡被運用到最極限，此外圖畫結構裡也用到很多C形線條及曲線，而這些線條可以營造出流暢感，讀者可以在翻開的書本上、人像背後的曲線、窗戶以及石椅上看見這些線條。

水平格式

　　水平格式也可稱為「橫排格式」，這種格式可以讓觀眾一覽無遺地看到整張圖畫。上面的橫排格式作品，其水平形狀可以強調華爾奇麗亞無精打采斜而斜躺著的身軀。你可以在這張長方形圖像裡看見三角形的構圖元素，另外也可以在手臂上看見對角線的元素，至於翅膀造型的帽子以及薄霧則為作品增添幾許生命力與效果。

對角線

　　往左邊呈現對角線的人像，為《精靈》這張畫作注入許多生命力，彷彿她要從作品裡「離開」了，又或者人像是從頭部開始進來這幅圖像裡，就像香檳瓶的軟木塞一樣。

置中

　　《新月》作品呈現更多柔和與優美的氣氛，精靈位在圖畫中央凝視著新月－天堂裡的銀弓。

垂直格式

　　垂直格式也可稱為「直排格式」，這種格式會引導觀眾上下瀏覽畫作。《花瓣》（上圖）中的全身人像是一個筆直的垂直構圖，而拉長的圖畫格式可以強調出正在掉落的花瓣。將人像分成三等份（通常被稱為三分法則the rule of thirds）來製造出不同的效果點，第一等分是頭部到捧著花瓣的雙手，第二等分為雙手到散落的花瓣群，而第三等分則為花瓣群到地板。洋裝與腰部絲帶的垂直線條以及近距離的剪裁，可以突顯出模特兒修長的身高，此外薄且垂直的格式也會讓觀眾將目光上下移動地來欣賞作品。

103

構圖

構圖是一幅作品裡的架構，可以營造出作品的流暢度、方向及穩定性。藝術技巧類的書籍有列出各種不同的構圖公式，例如三分法則是將構圖平面垂直、水平地分成三等份，並將焦點放在線條的交會點上（請參閱第103頁）。我發現圓形與曲線，特別是S形曲線與C形曲線，可以讓作品產生趣味性與整體的均衡感。

我通常都是因為突然有個念頭閃過而開始構圖，各種想法有時是在畫別幅作品時出現，又或者是在看電視時出現。重要的是在靈感來時要趕緊把想法中的基本架構畫下來，因為想法可能會在下一秒又突然不見了，這時創意草圖就可以有用的派上用場了。

創意草圖一開始是個非常鬆散的雛形，只有幾個基本線條以及一些凌亂的塗鴉，之後創意草圖就會像種子一樣發芽茁壯，變成一幅完整的作品。在作畫的過程中，可以陸續描繪

建立起主角的主要位置安排、作品的氛圍與空間感等等，除此之外甚至可以改變圖畫的格式來增加效果（請參閱第101-102頁）。一些比較複雜的構圖可以運用描圖紙覆蓋的方法來解決，讀者可以在描圖紙上調整作品的主要元素位置，這樣可以避免一直重畫（請參閱第57頁）。

在創意草圖階段可以建構出圖片的焦點，可以利用各種不同方式來描繪焦點部分，像是把焦點區域畫得更精細一點、強調顏色或明暗度的對比反差，或者是使用匯集線條這種構圖元素來吸引目光。

有些草圖我花了好幾年才完成一幅作品，主要是因為自己會因腦中有其他想法而分心無法完成作品，結果漸漸變成同時有高達六幅作品在進行作，此外會變這樣的一部分的因素是我沒有交畫的截止日期，這或許也就是我無法專心好好完成一幅作品的原因！

阿爾維瑞克與女巫

這幅作品是我第一次嘗試繪畫唐西尼男爵的巨作－仙境國王的女兒故事裡面的人物。年輕女巫用雷電打造出一把劍，樹木傾倒成對角線方向，把女巫的奇幻世界與阿爾維瑞克的世界分開了。在阿爾維瑞克接近山丘頂端時，我有誇大整幅畫的透視效果。圖畫裡的樹可以在英國湖區巴特米爾的四周圍發現。

畫框為構圖的一部分

表框與畫框的運用方式會影響最後成品的效果。畫框本身也是構圖的一部分，如同右圖所示，事實上如果畫框很特別或很有趣，甚至可能會帶給作品更多不同的遐想。

我有時會把圖畫放進自己做的畫框裡，畫框通常是裝飾性的樣式，例如鍍金或仿大理石的凱爾特風格畫框，此外我也會找一些舊鏡子和舊畫框，而現代複製的新藝術風格銅製畫框也會拿來裱框我自己的作品。

銅色調

這個現代的美術工藝風格框架原本只是一面鏡子，不過拿來搭配這幅小的精靈水彩畫上，卻可以完美地提升整幅作品的效果。

找到合適的框架

這些畫框是我以前買來或者是自己製作的，跟鉛筆作品相比，這些獨特畫框更適合拿來裝飾水彩作品。

畫　廊

在接下來幾頁，我放了自己從1974年開始到現在所完成的圖畫作品。我喜歡以「掛畫」的方式來傳達我的想法。過去幾年像《黑門的最後一役》這種沉重抑鬱的早期作品已漸漸變少，我現在的畫作多是我所謂的「神聖女性形態」作品。

穿越封鎖線

1994 鉛筆
這幅作品由許多元素構成－英國內戰重演協會的愛好者、北威爾斯安格爾西島的樹林以及偽裝元素。這幅是我銷售最快的限定版作品，因為它可以引起大家的共鳴。

神秘之月

2006 鉛筆
作品裡的人像姿勢，是依據梅蘭妮在
「閨房」裡所拍攝的照片之一。畫像
有運用到很多不同的道具，而作品中
的床其實是一個咖啡桌，上面覆蓋著
厚重的窗簾布料。

著魔

2006 鉛筆

「站在高處，被世界遺忘的女巫全神貫注地施展魔力」。梅蘭妮穿著藍色絲絨洋裝坐在凳子邊緣，為這幅作品擺出姿勢。梅蘭妮在擺姿勢時，總是有辦法可以擺出優雅的手勢。白鑞教堂聖杯是我收集來的器皿，而石像怪獸是根據我城堡資料夾裡的資料而描繪完成。

天使

2007 水彩

作品裡的沉思天使，是運用淡紫色、藍色、橙色以及黃色等這幾種顏色來調色畫出，呈現出和諧的氛圍。我用二河的米色水彩紙來畫這幅作品，因為我喜歡畫紙的仿皮革紋理。先在整幅鋼筆草圖上塗刷一層焦赭色水彩，可以讓圖像變得溫暖，然後再分別用那不勒斯黃、鎘橙、耐久玫瑰紅及鈷紫等水彩在翅膀、洋裝等地方塗上層層顏色。

仙境的號角

2005 鉛筆
這個想像出來的圖像,是
自己順其自然描繪完成。
我試著想要表現出異世界
的氛圍,以及仙境皇后迷
人的臉部表情。作品裡的
人物只出現上半部身體,
有漸漸要滑離圖畫平面的
感覺,為畫作增添幾許不
安定的氣氛。

滿月

2003 水彩

這幅水彩畫是向亞瑟‧拉克漢致敬，他是我畫畫初期其中一個影響我的人。在熱壓紙上先用鋼筆在粗略的鉛筆草圖上面描繪一次，然後在整張畫紙上面淡淡的刷上一層深茶色水彩，並畫出亮光處。在畫紙還未乾時，將各種不同的柔藍色水彩劃過天空區域，等畫紙乾了之後，再將茶色與深褐色水彩塗刷到樹木上。人像一樣是用柔藍色來上色，刺青圖案則用暗色調的柔藍色畫出，最後精靈的頭髮是用一點點的橙色水彩來上色，而月亮則用白色水彩來表現。

111

水精靈

2003 水彩
這幅委託作品是運用鋼筆素
描搭配水彩來完成。圖畫中
的百合花是參考照片資料而
畫出的,臉部則是依據儲存
的參考資料來創作。

水仙子

2006 鉛筆

我在描繪精靈以及美人魚這類主題時總是樂此不疲。我著迷於海、風、海草及頭髮的自然狂野特質，當然還有充滿宿命的美麗精靈。

The Ladies of the Lake

C.C.Ang.93

湖之仙女一持盾之女

1993 鋼筆

這幅小的鋼筆作品是一組圖畫中的三「女」之一：從深海底層來的女戰士保護著騎士。原本的三幅圖畫尺寸是30.5（12吋）平方公尺，是先用HB鉛筆在西卡紙（Bristol board）上勾勒出鬆散的雛形，然後再用鋼筆描繪一次。我沒有運用模特兒來畫這些圖像，而是自己直接想像畫出來的。利用點畫技法（請參閱第17頁）畫出綿延不斷的小點來營造出不同的色調。這些圖像並沒有特別的神秘感，而臉孔看起來也許也太現代感了，但這些作品跟T恤搭配起來還蠻不錯的。

女戰士的習作圖

2008 鉛筆

跟十五年前《持盾之女》作品裡的女戰士相比，現在這張女戰士習作圖有了新的模特兒艾蜜莉，她躺在地板上擺出簡單的姿勢。我跟艾蜜莉是在女巫節慶大會上認識的，她當時跟她媽媽一起參加活動，我被她的紅髮以及甜美外表所吸引。照片裡的姿勢動作很簡單，讓我想起自己在早期1993年的作品，我想我應該可以畫出更精緻的神祕畫像－畢竟我應該可以畫得比十五年前更好。我畫很多我所謂的「習作圖」來檢視什麼是可行的。這張圖是用5H以及2H鉛筆畫在熱壓水彩紙上，在臉部與手部上描繪出線影，然後再用擦筆柔化線條。如果臉部描繪之後所呈現的效果不錯，那剩下其他部分也就會照著這方式來完成。艾蜜莉現在擁有這幅原圖作品。

女戰士

2008 鉛筆

因為有艾蜜莉（左圖）當模特兒而試畫出女戰士這張圖，我決定要把它升級成一幅作品。這幅畫跟左圖相較起來多了很多新藝術風格的味道，強調出水流波動。睡蓮是根據我資料庫裡的圖片而描繪完成的，而洋裝是運用5H鉛筆與「雕刻」畫法創造出鏈甲的柔軟感。用2H與2B鉛筆畫出水，然後再用擦筆柔和線條。打字員的橡皮擦則用來製造出作品裡的亮光處。

殘株

2002 鉛筆
這張作品的創作來源是依
據奧利佛克倫威爾在馬斯
頓荒原戰役結束之後所寫
的語錄。瀰漫在戰場上的
薄霧是利用擦筆製造出漸
層的色調效果。作品參考
資料是英國波伊克橋戰役
歷史重演活動的照片,照
片裡面的馬具、步槍、
服裝、刀劍等等都可以拿
來參考幫助我完成作品。
歷史重演愛好者的裝備品
質,對准歷史圖畫作品來
說很重要。

蓋瑞斯爵士

2000 鉛筆

在亞瑟王的傳說中，蓋瑞斯爵士最終意外地被蘭斯洛特殺害，而這個事件促成了亞瑟王圓桌武士制度的毀滅。這幅畫取材自不同的題材。圖畫中的「蓋瑞斯爵士」是數年前我到蒂克斯伯里中世紀園遊會裡所拍攝的。在英格蘭玫瑰戰爭的歷史重演活動中所穿戴的高質感盔甲儘管很貴，但看起來真的很有蓋瑞斯爵士的樣子。

1978 鉛筆畫

這幅畫是我1979年大學畢業成果展的主力作品,而且183 × 122公分(6 × 4英吋)是我有史以來畫過最大的一幅作品。這個作品是我拜讀過《魔戒》之後有感而發的創作,同時我也參考了父親在二次世界大戰對抗蘇聯的經驗。畫作表面我總共使用了木炭,煤灰以及石墨粉末等的元素。在前置作業中,我畫過更殘暴、恐怖的畫面。

大地天使的習作圖

2005 鉛筆
這是一張我對天使克萊兒的試畫圖畫 — 拍
照、添加翅膀。這張畫目前已經被用作祝
賀卡片了。

天使

1994 鉛筆
有點性情乖戾的天使；祂的確看起來很
年輕，又帶點個性。翅膀的畫法展現了
雕刻的畫法（請參閱第84頁），雖然看
似單調卻是滿佈羽毛的層次感。

潘朵拉

2008 鉛筆

這張畫收錄在我和艾蜜莉合作的第一個作品輯裡。圖中的主角是依照羅塞蒂的模樣而描繪的。潘朵拉因為好奇而打開盒子，使得魔鬼從盒子裡傾巢而出。

攻擊咒語

2002 鉛筆
這幅作品早在我完成《邪惡
咒語》（請參閱第39頁）的
前一年就畫好了，但我並不
覺得這幅作品有比《邪惡咒
語》的效果來的好，所以至
今都還沒有發表過，不過由
於實在太多人都在詢問這幅
作品了，所以我可能會考慮
賣這幅畫。

雪之女王

2004 水彩

這幅畫是受到收藏家的委託而畫的
系列作品之一。原稿圖的下方本來
有一匹狼,但是為了符合賀卡的尺
寸,所以被裁切掉了。圖畫的主角
是依據我的第一位模特兒凡妮莎而
描繪完成的。

月仙子

1994 鉛筆

這幅作品刻意修飾地非常華麗,而且
營造出高反差的圖畫。輕淡描繪出充
滿藝術氛圍的細節,搭配烏黑的夜
空,彼此形成對比。這幅畫是我的暢
銷作品之一,所以很明顯地,一般大
眾都很喜歡仙子如夢似幻的模樣以及
凌亂的髮型。

瀑布

2005 鉛筆

這幅畫的草稿是直接在艾爾福斯的湖泊區構圖（對我來說很少見）。最後的成品則是稍後在我的個人工作室完成。

盤根錯節的樹木

2005 鉛筆

這幅圖畫包含了幾個我個人喜愛的題材 — 橡樹、長春藤和毛地黃。這張圖的構圖大部分都是由左半邊開始畫起，但是我並不喜歡之後所呈現的結果，所有裁掉了左邊一部分的圖像。完成的作品現在看起來比較像是某圖畫的「片段」。

華爾奇麗亞與馬

2005 鉛筆

「孤獨的幸福，高漲至艷陽般的高度！」
（理查華格納 Richard Wÿner）
凱莉是一個完美且法力強大的華爾奇麗亞女神，她的力量從沉睡中被喚醒了，她正坐在石堆上，而破曉前的濃霧為這幅畫的背景。

© Wychwood Brewery

威奇木啤酒廠的女巫和小妖精

1995 水彩

女巫圖像（上圖）是生產威奇黑啤酒的啤酒廠註冊商標之一。這個角色基本上是依照英國女演員海倫娜波漢卡特的模樣所創造的，當然我懷疑她本人是否膚色也是藍色的!!以商業活動而言，能在威奇木啤酒廠工作是我人生最快樂的一件事，在那兒沒有藝術導演的束縛，所以我可以盡情地發揮我的想法。小妖精黑啤酒目前可是世界聞名的啤酒品牌。

艾德的謬斯女神

如果沒有這些模特兒給予我靈感與啟發，這本「教學書」或許就不會存在，所以我很感謝她們在我創作過程裡，總是那麼的有耐心、願意體諒我且堅持到底，而且跟專業模特兒相比，我的模特兒們所散發的自然美與凱爾特風格的氣質相呼應，並帶給我更多的靈感來完成作品。我很感激她們，也希望她們會喜愛這本書。

艾比　　　　　　克萊兒　　　　　　艾蜜莉　　　　　　芙蕾雅

潔西卡　　　　　　凱莉　　　　　　梅蘭妮　　　　　　凡妮莎

all photographs © Ed Org

致謝

　　首先要感謝愛沙尼亞的神父，特別是他驚人的記憶力，感謝我的母親給了我一個甜蜜的家庭，以及教會我大自然的美好，感謝學校指導過我的美術老師，在我遇到創作瓶頸時，給予我很多的建議，最後特別要感謝溫蒂，在我遇到任何困難時，總是一路支持我到底。

　　感謝我的組稿編輯Freya Danferfield，讓我有機會將我的作品呈現給廣大的讀者，感謝我的專案編輯Lin Clements，幫忙重新編排我的文字，並在我豎白旗的時候不斷地刺激我，最後感謝那些買我畫作和原作的人，其中很多人也因此都變成我的朋友了，十分感謝你們的賞識。

河婦女的女兒

1976 鉛筆

這幅是我第一個以魔戒為藍本的作品，當時我還在英國的舒茲伯利修習藝術基礎課程。河妖金莓正坐在湯姆龐巴迪的家中，腳底下圍繞著百合花。在我這幅早期作品裡，可以看到剛在萌芽的裝飾技巧畫風。

關於作者

　　Ed Org在1955年於英格蘭的什羅浦郡出生，從小就在樹林、水池、溪流與田野的環境裡長大－美麗景色豐富了他的生命，變成藝術家之後，他還是一直熱愛著英國鄉間風景。他在1970年代念完藝術學院之後，變成一名製圖師，一腳踏進了平面設計領域，在贏得無數次比賽之後，決定要全心創作他自己的作品，此書已有呈現一些他的作品了，此外在英國各地的手工藝集市或者展覽會上都可以看到Ed的作品。

　　他喜愛使用一些傳統的材料，仿效過去的畫風。他欣然坦承他自己受到新藝術派、Edward Burne-Jones、凱爾特與中世紀故事、神話以及「黃金時期」插畫作品的影響，而在這個大融爐裡，Ed的作品將這些不同風格的素材結合在一起。Ed現在跟他的搭檔溫蒂住在橋汀翰。

　　可以在以下網址欣賞Ed的作品：

www.sirengallery.co.uk

www.artistsuk.co.uk

www.booksillustrated.com

Index